Voyage de Noces sous la Terreur

par

PONELLI

E. BERNARD, Paris

Petite Collection E. BERNARD

N° 32

Un Voyage de Noces

SOUS LA TERREUR

PAR

Philippe Tonelli

PARIS
E. BERNARD IMPRIMEUR-ÉDITEUR
29, Quai des Grands-Augustins, 29

Un Voyage de Noces sous la Terreur.

I

Marc Boulloiche entra en coup de vent chez son ami, Roger Courtille.

— Eh bien, mon ami, ça y est.

— Quoi donc ?

— Ça y est, te dis-je, et tu vas voir. D'abord, jure-moi que tu vas me rendre ce signalé service.

— Mais voyons, explique toi, sacrebleu, et quitte cet air tragique qui te sied fort mal.

— Mon cher, j'épouse la veuve du major espagnol.

— Mme Dolorès...

— Y Campetos y Brambillas, elle-même.

— Je m'en doutais. Depuis son héritage et tes assiduités, je me disais : Marc file de l'huile.

— Et j'ai apaisé l'ouragan de son veuvage écrasant pour sa nature si sensible.

— Et pour la consolidation de ses trente mille francs de rente qu'elle vient d'hériter, m'as-tu dit l'autre jour, d'un vieil oncle bénévole, mort au Chili, en je ne sais quelle insurrection, sans doute.

— Parfaitement. Tu comprends bien que je ne pouvais que lui rendre service, tout en réfléchissant que par les temps qui courent, trente mille francs de rente, ne se rencontrent pas au pied de la tour Eiffel.

— Et pourtant c'est là que tu as rencontré, pour la première fois, cette veuve alors profondément inconsolable, et pas de prime jeunesse.

— Oh ! tu exagères, trente-cinq ans tout au plus, et puis ce n'est pas au pied mais sur la troisième plateforme de la tour Eiffel, que j'ai échangé, pour la première fois, des paroles amies avec cette douce femme d'un major espagnol, tué à Cuba par une bombe américaine au moment, paraît-il, où il croyait à la délivrance de son malheureux pays. Elle contemplait Paris, et c'est en regardant le Trocadéro qu'elle poussa le soupir de l'ennui, ce soupir qui était l'expression de son âme.

— Oui, tu m'as déjà raconté cela, mais certes, je ne croyais jamais que toi, Marc Boulloiche, pas mal bâti, possédant pas mal...

— De dettes.

— Tu exagères à ton tour; possédant, dis-je, pas mal de ressources, de toutes sortes, pour jouir de la vie sans amertume.

Continue.

— Oui, je continue et tu vas voir. Tu possèdes entre autres agréments, une jolie petite rente que ton père te fait, sans rechigner.

— En rechignant au contraire, et cette petite rente, c'est le mot, est absorbée au premier trimestre.

— Ensuite, une petite maîtresse qu'un roi de passage, s'il la voyait, en ferait sa favorite, en dépit du protocole moderne.

— Je t'arrête. C'est à propos d'elle, de Clorinda, que je vais mettre ton inaltérable amitié à contribution.

— Ah !

— Depuis la rencontre de ma charmante veuve...

— Charmante ?

— Parfaitement. Depuis un mois donc, je ruminais des idées de l'autre monde et qui me changeaient totalement.

— Idées conjugales, assurément.

— Oui, je sentais que j'avais besoin d'en finir avec cette vie de polichinelle.

— Oh ! pas tant que ça. Tu étais très fidèle au contraire, très casanier, trop même.

— Soit, mais à mon âge, trente ans, après un collage de six ans...

— Pauvre Clorinda.

— J'éprouvais le besoin de rentrer dans la vie régulière, en épousant une femme tranquille, sans vices, qui m'eût rendu heureux. Mais je songeais à Clorinda, à cet amour de ma vie qui me tenait cependant au cœur, malgré les supplices qui me faisait endurer son horrible mère, Mme Ponpon, qui ne nous lâchait pas d'une semelle; d'ailleurs tu la connais.

— Oh! oui, Mme Ponpon et son vieux camarade de chambrée, M. Champolion. C'est toi qui as trouvé la rime, tu l'as appelée Mme Ponpon, à cause de ses airs de cuirassier, et elle a voulu qu'on maintienne ce nom, parce que cela la flatte. Et pourtant Ponpon ne rimait guère avec le caractère de ce bon M. Champolion, le plus doux des hommes, qui est terrorisé par la mère de Clorinda, et cela depuis que celle-ci était en nourrice, et depuis lors, il a été rivé à la chaîne de la mère Ponpon qui traîne toujours avec elle son incommensurable mauvaise humeur.

— Comme tu la connais bien!... Et cette vie en famille m'ennuyait un peu, quoique l'amour de Clorinda me suffisait amplement. Clorinda! Oh! Clorinda! quel ange! quel amour! Mais tu comprends bien qu'un jour ou l'autre, mon bon papa aurait découvert le pot aux roses, et, alors, malgré ma trentaine, plus de vie à Paris, papa n'aimant pas les collages perpétuels, coupé les vivres, fini le doux désœuvrement et rappel à la ferme, ce qui serait la chose la plus dure à subir.

— Alors?

— Alors, mon cher, je songeais cependant, malgré ma folle passion — passion courante, je dois ajouter — je songeais, dis-je, à épouser la veuve du major qui me paraissait digne d'inspirer encore une passion rationnelle.

— Mais tu prévoyais, allons, avoue-le franchement, tu prévoyais l'héritage, ou plutôt, elle l'avait déjà en poche, lorsque tu la vis pour la première fois.

— Je ne sais ; il est de fait qu'après qu'elle m'a avoué cette aubaine, je n'ai pas hésité un seul instant, et je lui promis mon cœur, mon nom...

— Et tout le tralala de ta séduisante personne.

— Donc, je l'épouse.

— Tu l'épouses... Et Clorinda?

— Dis plutôt, et sa mère?

— Sa mère?

— Oui, cette terreur! car si elle apprenait que j'ai quitté sa fille qui m'adore, pour en prendre une autre, plus sérieusement, elle serait capable de se livrer sur moi aux pires extravagances. M'assassiner même.

Et Roger riant :

— Allons donc!

— C'est ainsi. Je connais la mégère.

— Mais Clorinda?

— Elle souffrira en silence, je le sais, elle ne bronchera pas. Et si elle éclatait, ce ne serait que sous l'instigation de Mme Ponpon. Bref, je prévois un orage qui éclatera sûrement, si nous ne nous organisons pas pour le conjurer.

— Alors?

— Voilà, mon cher et vieil ami, voilà ce que j'attends de toi. Tu vas simplement annoncer à Clorinda, et par ricochet à Mme Ponpon...

— Ainsi qu'à M. Champolion ?...

— Oh ! ça ne compte pas, mais il fait partie de la famille. Tu annonceras à ma pauvre amie que j'ai été appelé par dépêche, au chevet de mon père mourant, en Normandie, et que je suis parti comme un éclair, sans faire même ma valise, et par conséquent, sans avoir eu le temps d'aller l'embrasser, etc., etc. Pendant ce temps, j'épouserai la veuve, et filerai avec elle, en voyage de noces, sous le ciel bleu de la belle Italie, à Venise, *Venezia la bella*, d'abord ; puis nous verrons ensuite. Un voyage de noces qui durera trois ou quatre mois, le temps de me faire oublier par Clorinda — si elle peut y arriver — et de calmer le courroux de la mère Ponpon. D'ailleurs, j'irai m'établir au château de ma femme, car elle possède un château en Espagne.

— Château en Espagne !

— Sans blague, mon ami, un véritable château féodal qu'elle possède aux environs de Pampelune. Donc, je disparaîtrai de la scène à partir de ce soir même. Tu peux, dès à présent, prendre un air de circonstance en allant rendre visite à cette chère famille et leur annoncer la terrible nouvelle, c'est-à-dire mon départ pour la Normandie.

— Et toi?

— Moi, je filerai en effet pour le pays de mes aïeux, au fin fond de ma Normandie, pour annoncer à ma famille, la résolution que j'ai prise de faire une bonne fin, avec une femme modeste et sage, et...

— Possédant un million de fortune.

— Converti en bonne rente française trois pour cent, s'il te plaît, par conséquent, de tout repos, et cela sur mes conseils.

— Comme tout bon Normand positif et qui n'aime pas les combinaisons dans ses propres finances.

— Justement.

— Donc, c'est bien. A quand la noce!

— Dans une quinzaine.

— Peste! tu vas vite en besogne.

— C'est ainsi, mon cher. Alors, c'est bien entendu, tu seras mon témoin.

— Naturellement.

— Pauvre Clorinda! Soigne-la bien, je t'en prie.

— Mais comment donc. Pourrais-je faire autrement?

— Je ne m'attendais pas moins de toi. Grand merci, cher et bon ami.

— Allons, ne sois pas ému. Et laisse-moi aller à mes affaires, ou plutôt aux tiennes.

— C'est cela. Au revoir, avant la quinzaine, je te ferai signe pour la cérémonie qui se passera tout à fait dans la plus stricte intimité.

Les deux amis se séparèrent.

II

Roger entra gaiement chez Clorinda.

— Une nouvelle, chériette, dit-il en l'embrassant.

— Une nouvelle, bonne ou mauvaise?

— Ne vois-tu pas que je rigole.

— C'est vrai. Alors?

— Devine?

— Sais pas.

— Allons, voyons, Cloclo, ne devines-tu pas?

— T'assure, Roro, sais pas.

— Marc épouse l'Espagnole.

— Allons donc, s'exclama Clorinda en riant aux éclats.

Puis, ouvrant une porte, et appelant :

— Maman?

— Eh bien, quoi, répondit une grosse voix du fond de l'appartement.

— Arrive donc.

Mme Ponpon arrivant :

— Qu'est-ce donc, voyons.

Et sa fille en riant :

— Sais pas la nouvelle? Non?... Marc épouse la grosse dondon de l'Espagnole, celle dont Roger nous parlait souvent et que Marc guignait pour femme, à cause du pognon qu'elle venait d'hériter.

— J'en étais sûre. Je te l'avais dit. Ah! canaille d'homme que tu avais, ma pauvre fille! Je te le disais toujours.

— Non, vrai, je le savais godiche, mais jamais aussi crapule; heureusement que...

— Oh! oui, heureusement que tu as pris les devants, n'est-ce pas, Monsieur Roger, dit sa mère en regardant ce dernier qui écoutait tranquillement les deux femmes en fumant une cigarette.

— Et comme nous avons bien fait, n'est-ce pas, Roro, ajouta Clorinda en s'asseyant sur les genoux de Roger et en lui tapant sur la joue.

— Faut-il tout de même qu'il soit dromadaire, ce pignouf, de te planter là, sans même joindre à son avis mortuaire, car il est bien mort pour toi, ma fille, quelques billets bleus, car en somme tu t'es compromise avec lui, pendant des années, des années.

— Oh! six ans à peine.

— Comment t'a-t-il dit cela?

— Par rien du tout, mamiche.

— Comment?

— Mais c'est Roger qui vient de me dire la chose.

Les deux femmes se regardèrent.

— Oui, fit ce dernier. Aujourd'hui même, Marc, m'a annoncé qu'il épousait l'Espagnole, avec le sac.

— Le sac! fit la mère de Clorinda.

— Un million.

— Un million! s'exclamèrent les deux femmes.

— Oh! la canaille! je savais bien qu'il allait faire

un coup pareil, et cela, en sourdine. Maman, j'en suis outragée !

— Te fâche pas, Clorine. Ton Marc a toujours été considéré par moi comme un mufle, un simple mufle.

— Pourtant, je l'ai bien aimé, un peu. Tu ne m'en voudras pas, n'est-ce pas, Roro ?

— Jamais de la vie, Clorinda. Je ne t'en voudrais d'autant moins que moi-même ne suis pas chic en ce moment.

— Tu es franc, voilà tout.

— Oui, mais, j'étais son ami, pendant que nous le trompions tous deux.

— Oh ! cela les derniers temps, sachant qu'il en pinçait pour l'Espagnole. Je le comprenais sans qu'il le dise. Toi-même tu me l'avais fait remarquer.

— J'avais tort simplement, moi, son meilleur ami, mais que veux-tu, j'y étais intéressé puisque je t'aimais.

— Allons, les gosses, pas de sentiment devant mémère. Il faut penser au solide. Que faisons-nous ?

— Oh ! rien, ajouta aussitôt Roger, laissons-le se marier, et faites les morts.

— Les morts ? nous, les morts ? Jamais. D'abord, il va nous payer ça. Comment, il file en tire-bouchon, sans aller droit au but ! Il s'est fichu de toi, ma pauvre fille, et dans les prix les plus élevés ; il s'est aussi payé ma tête, la mienne qui est un objet de vénération, comme dit mon Champolion, qui s'y connaît bien, lui, puisqu'il s'est cramponné à moi pour la vie, et ce traître te lâchera en plan sans une protestation de notre part, comme si nous étions des simples chipies! Ah! non, non, Roger, vous pouvez m'en croire, Marc ne l'emportera pas en paradis.

— Et que vas-tu faire, maman, dit Clorinda, inquiète.

— Mais tu seras dinde jusqu'au bout, ma pauvre Clorine.

Puis, se tournant vers Roger qui demeurait silencieux :

— A quand la cérémonie?

— Ah! maman, tu ne feras pas ça.

— Toi, tais-toi. A quand la cérémonie, Monsieur Roger ?

— Dans un mois, je crois.

— Où ?

— En Normandie.

— Et puis ?

— Voyage de noces.

— Naturellement. Où ça ?...

— Je ne le sais pas.

— Vous le saurez. Monsieur Roger, il faut le savoir; nous allons rire. Ah! il s'est moqué de nous avec un aplomb qui me révolte. Tiens, Clorine, si je le tenais, là...

Champolion entra.

— Ah! vous voilà, vous. Eh bien, mon cher Ambroise, si vous me quittiez de la façon aussi dégoûtante qu'a été lâchée Clorinda, eh bien, mon pauvre vieux, je vous ferais rouler comme une toupie.

Et, ce disant, elle empoigna M. Champolion par le bras et le fit tourner sur lui-même. Son chapeau tomba.

Roger et Clorinda se mirent à rire.

— Voyons, voyons, Réséda, tu divagues, dit Champolion en ramassant son chapeau.

La mère de Clorinda raconta à ce dernier, le mariage de Marc.

— Pas possible ! s'écria Champolion. Marc nous lâche tous ?...

— Marc nous lâche tous ! répliqua Mme Ponpon, en colère.

Et devant la vive contrariété de Champolion, elle dit :

— Baste ! je réfléchirai sur ce qu'il faudra faire.

Et tous les quatre dînèrent ensemble.

Roger regretta son indiscrétion, qui était une véritable trahison, mais il savait bien cependant que l'effet n'aurait pas été foudroyant, puisque Clorinda était à lui, depuis deux mois, et que sa mère en était satisfaite, n'aimant guère Marc, prétendant qu'il était trop rat et pas assez prévenant pour elle, la mère de celle qui le choyait tant et qui faisait totalement son bonheur, tandis que sa Clorinda l'aimait en folle, en véritable sotte ; mais à présent les choses ont changé, Roger avait plu, surtout ses généreuses amabilités, en dépit de la grande amitié que lui prodiguait son ami Marc qui l'avait présenté et fait admettre dans l'intimité de la famille, selon l'expression de Mme

Ponpon, *sa* famille, accentuait-elle davantage. Mais Marc était une nécessité et une habitude.

Roger avait conçu pour la maîtresse de son ami, une passion sitôt réprimée par le remords, mais il en était resté toujours quelque chose, un quelque chose qui durait encore, mais sans violence, sans tromperie ostensible ni sourde, un laisser-aller comme par habitude, et sans s'arrêter cependant à l'idée affreuse qu'il trahissait son ami, lui qui lui confiait tout, et qui lui donnait chaque jour la preuve d'une réelle et franche amitié. Mais il avait repoussé, refoulé, dirions-nous mieux, la passion qui l'avait soudainement embrasé pour Clorinda, en pensant que c'eut été une trahison amicale, trop flagrante, et ne s'était arrêté qu'à la petite dose de son caprice qu'il trouvait, à la fin, anodine.

En annonçant le mariage de Marc, à la famille Ponpon, malgré le secret qu'il devait en garder, il ne croyait pas provoquer une sorte de dépit, une idée de vengeance de la part surtout, de la mère de Clorinda qui l'avait pris en grippe, ni du côté de sa maîtresse, qui ne l'aimait plus guère, depuis qu'il était entré dans le ménage baroque des Ponpon. Il regrettait infiniment cette nouvelle trahison de sa part, et demeura morose toute la soirée, malgré les câlineries de Clorinda et les grosses exclamations de tendresse de la part de sa mère, et les tapes familières et bêtes de M. Champolion qui, prenant des airs dégagés, lui disait après chaque tape sur son ventre qui ne bedonnait pas :

— Allons, jeune amoureux, ne soyez pas tant dans la lune.

Et les autres riaient. Après une partie de brisque à quatre, Roger rentra chez lui, au grand dépit de la mère Ponpon qui aurait été très satisfaite de voir prendre possession de la maison d'une manière *officielle* à Roger, qui jusque-là ne s'était contenté, par pudeur envers son ami, que d'instants pris à la dérobée, sous l'œil protecteur de la mère de Clorinda.

Marc, ainsi qu'il avait été convenu avec Roger, ne donna plus signe de vie à sa maîtresse, croyant que son ami avait arrangé les choses pour le moment, mais il écrivit plusieurs lettres à Roger, lui parlant de la marche de ses affaires, et lui annonçant la célébration du mariage dans la huitaine, à Paris. Cependant, au moment de sa rentrée à Paris, il adressa une lettre à Clorinda, lui disant que sa présence, en Normandie, auprès de son père, toujours moribond, était strictement nécessaire, et qu'il ne connaissait pas encore l'époque de son retour, à cause des terribles événements qui allaient survenir dans sa famille, et de la liquidation de ses affaires qui étaient embrouillées et qu'il faudra débrouiller.

Cette lettre fit rire aux éclats la famille Ponpon, y compris Roger qui avait cependant espacé ses visites, sous divers prétextes, tendant à s'en éloigner de plus en plus, pour rompre enfin une liaison qu'il

trouvait dangereuse pour ses intérêts et ignominieuse pour sa conduite envers son ami.

III

Le mariage de Marc avec l'espagnole eut lieu dans la plus stricte intimité, par un temps abominable et à une heure où les curieux n'aimaient guère s'attarder devant une mairie ou une église, pour voir défiler une noce. Les nouveaux mariés filèrent le même jour pour la Normandie où la véritable fête de famille eut lieu au milieu des parents réunis.

Trois jours après, Roger se laissa prendre, par la mère Ponpon, alors que celle-ci, tout maternellement, voulut à tout prix assurer un bouton de son veston qui était trop lâche, une lettre de Marc qu'il venait de recevoir et qu'il avait lu en chemin, se rendant chez Clorinda. L'écriture de l'ancien amant de sa fille, éveilla la curiosité de Mme Ponpon, et, très adroitement, déroba la lettre, et la passa en cachette à sa fille.

Roger partit, Clorinda lut la lettre à haute voix, devant sa mère, les yeux écarquillés et les oreilles tendues, et M. Champolion, placide.

« Mon cher Roger,

« Depuis deux jours, la noce continue. Toute ma famille a accueilli ma nouvelle épouse avec des larmes de tendresse. Dolorès plaît énormément. D'ailleurs, tu as vu l'autre jour, à Paris, à la célébration du mariage, comme elle était émue, et comme sa mine de fille d'un grand d'Espagne de 2e classe, a frappé les assistants. Ici, on en raffole ; figure-toi, les normands raffoler de quelqu'un !... il faut vraiment qu'elle les ait empoignés.

« Nous filerons directement vers l'Italie. Le 25 de ce mois, nous serons à Venise, et descendrons à l'hôtel de la Lune, sur la lagune, où j'attendrai de tes nouvelles, et de celles de ma malheureuse Clorinda. Tu m'en parleras à mots couverts, car avec une femme jalouse, comme la mienne et au tempérament espagnol, on ne sait jamais...

« Tu me diras également le trognon de mine qu'a « fait la mère Ponpon, ce vieux wagon traîné par cette « bourrique de Champolion. Tu me parleras de tout « ça ; ça sera un intermède pendant mon séjour dans « la ville des doges et des amoureux ».

« Ton sincère et fidèle ami

« Marc ».

A cette lecture, Mme Ponpon hurla.

— Vieux wagon, moi ! bourrique, toi, Ambroise, le

plus spirituel des hommes ! Ah ! canaille ! Ah ! la brute ! Ah ! le dernier des derniers des hommes ! Eh bien, je te ferai voir, moi, si le vieux wagon de celle que tu appelais, plein la bouche « bobonne maman » sera encore en état de traîner tes immondices !

— Maman, calme-toi, dit Clorinda, les dents serrées cependant par la colère. Calme-toi, tu vois, je ne dis rien, moi, mais j'agirai, va.

— C'est insupportable ! fit Champolion outré, s'entendre appeler bourrique, sans pouvoir répliquer, c'est insupportable !

— Et ce qui me remue encore les sangs, c'est de voir que Roger, cette Sainte-Nitouche, est allé nocer à sa noce, sans nous faire part de cette inconvenante conduite.

— Ça, c'est vrai, dit Champolion :

— J'y pensais en ce moment, fit Clorinda, crispant la lettre de Marc. Roger me paiera ça.

— Il nous paiera ça, ajouta la mère.

Puis se tournant vers Champolion :

— Décidément, il n'y a que toi, Ambroise, mon bon Ambroise, toi, de sincère et d'intelligent, car ces deux mufles n'ont ni le cœur, ni la franchise, ni l'intelligence de reconnaître que moi et Clorine, sommes deux femmes comme il faut, et dignes de tous les sacrifices.

— Ça, c'est encore vrai, dit Champolion.

— Ah ! mais, j'attends mon Roger ; ce que je vais

lui dire, à celui-là, fit Clorinda, en serrant le poing de rage.

Sa mère, après un moment de réflexion :

— Pas d'imprudence, ma fille. Sois calme à ton tour. Si tu mets Roger à sa place et à la porte, alors quoi ?... Ce sera encore à recommencer avec un autre. Et pendant ce temps, ce sera Ambroise qui paiera les pots cassés, c'est-à-dire les notes des fournisseurs qui aboient sans se gêner, et l'entretien de la maison. Car il faut bien vivre, ma fille !

Champolion tressauta.

— Sois calme, à ton tour, Ambroise. Non, tu seras toujours le benjamin du foyer, du foyer sacré de ta Réséda.

— Pourtant, maman, je ne puis rester sous le coup d'une trahison semblable ! Roger aurait dû me demander la permission d'aller faire le poireau à la noce de... son ami, fit-elle dédaigneusement, ou plutôt, il aurait dû ne pas y aller, par délicatesse et par amour pour moi, car enfin, Marc, m'a lâché salement.

— Tout ce qu'il y a de plus salement. fit Champolion.

— Tu as raison, Ambroise, ma fille a été lâchement abandonnée, elle, au cœur si tendre. Ah ! mais, les choses ne se passeront pas ainsi à la doucette. Ah ! je vais t'en donner des lagunes, et des hôtels de la Lune ; je t'en ferai voir une, moi, qui ne rira pas. Attends va, enleveur de sac ! car elle avait le sac, le vieux trumeau de l'Espagnole, et c'est pour le sac qu'il t'a lâchée ignoblement.

— Oui, c'est pour de l'argent, fit Clorinda, dépitée.

— Si, encore, il resongeait à toi, s'il perçait un peu *ce sac pour te* faire uniquement plaisir, mais non, l'égoïste, non, tout pour lui, tout.

Clorinda devint pensive. Puis :

— Nous verrons.

Le lendemain, Roger vint à la maison.

— Tenez, voilà votre lettre, Monsieur le cachottier, fit Mme Ponpon en tendant la lettre de Marc, la lettre que nous avons ramassée par terre, hier, après votre départ. Ah ! elle est propre, votre lettre.

Roger, la prenant vivement :

— Vous l'avez lue ?

— Tu n'aurais pas voulu que nous la mettions sous scellés, ce chiffon de papier.

— C'est mal, Clorinda, ce que tu as fait-là. Cela me déplaît, dit Roger, de mauvaise humeur.

— Ah ! c'est comme ça que tu le prends, s'écria Clorinda, rouge de colère, au lieu de me demander pardon, et de rougir de honte d'être allé à la noce de Marc, sans me le dire, tu as l'air d'être fâché parce que j'ai su la vérité ? Eh bien, mon cher, tu as du toupet, et je vois que je me suis trompée. Ah ! maman, maman, que je suis malheureuse.

Elle se mit à pleurer bruyamment.

— Monsieur Roger, vous êtes un sans cœur. Ma fille vous aimait passionnément, et vous n'avez pas su le reconnaître. J'ai le cœur fendu par le vôtre qui est de roc, et tenez, je pleure aussi comme une petite enfant.

Elle prit son mouchoir et se cacha le visage, comme pour pleurer silencieusement et avec angoisse.

— Sapristi ! sapristi ! fit à son tour Champolion. Toutes ces larmes me donnent la chair de poule. Monsieur Roger, franchement, cela n'est pas bien.

Ce dernier, le regarda, puis il haussa les épaules en disant :

— M. Champolion, laissez pleurer les femmes à leur aise ; elles aiment à se rendre intéressantes.

— Ah ! non, par exemple ! se récria la mère de Clorinda, en relevant la tête et en montrant son visage sec comme l'amadou, non, je ne veux pas me rendre intéressante, et si j'ai pleurniché bêtement, c'est tout simplement pour ma fille. Mais je puis vous dire que votre ami aura de mes nouvelles, et pas des nouvelles folichonnes, je vous le promets.

— Et moi ? que me promettez-vous ?... fit Roger calme et souriant.

— Vous, oh ! vous, je vous retiens, allez. Et moi qui vous croyais si délicat...

— Maman, dit tout à coup Clorinda, en relevant à son tour la tête, allons rejoindre Marc à Venise.

Roger fit un soubresaut.

Et elle, le défiant :

— Oui, à Venise, je veux le voir, le démasquer, le faire connaître à son Espagnole, lui dire que c'est pour son argent et non pour elle qu'il l'a épousée ; lui dire qu'il a été mon amant pendant six ans et qu'il m'a aimé comme un fou, un archifou, qu'il s'est ruiné pour moi, qu'il ne pouvait se passer de moi, que j'étais sa vie, sa vie idéale, brutale et fatale.

— *Oh ! Oh !...* fit Roger toujours calme.

— Oui, oui, poursuivit-elle rageusement, je lui dirai que ce mariage n'a été qu'un calcul, qu'une affaire, qu'un arrangement de compte et peut-être un compte de famille, et que son sac sera fatalement mis au pillage, par lui-même et par ses futures maîtresses, car il est de mœurs volages ; il lui faut des femmes, toujours des femmes, des femmes à la douzaine, et de toutes couleurs, et son argent sera pour satisfaire ses passions et ses mauvais instincts. Voilà. Et maintenant allons le rejoindre à Venise. Partons, ma mère, partons de suite afin que nous soyons là pour l'attendre de pied ferme, à son arrivée. Ah ! vous avez cru, Monsieur, que j'étais une caillette, bonne tout simplement à pleurnicher, à s'attendrir et à satisfaire tous vos caprices ? Eh bien, non, non, je suis la fille de ma mère, voilà tout.

— Bravo, ma fille, ma Clorine, bravo ! ah ! il faut que je t'embrasse, viens dans mes bras.

Et la mère et la fille se jetèrent l'une et l'autre dans leurs bras, pendant que Champolion les regardait, inquiet, et que Roger allumait tranquillement une cigarette. Mme Poupon se retournant vers lui :

— Vous restez impassible, Monsieur. Je comprends ça, vous avez le cœur du côté droit.

— J'ai le cœur un peu partout, Madame, répondit Roger avec son sourire légèrement moqueur.

— Tant pis pour toi et pour les autres, dit Clorinda en se dégageant de l'étreinte de sa mère.

— Franchement, mon cher M. Roger, ces dames ont raison, et leur émotion est bien légitime ; allons, avouez-le donc franchement, saperlotte !

— Ah ! mon brave M. Champolion...

Il n'acheva pas et haussa les épaules.

— Fais le malin, va, dit Clorinda en faisant une torsade à ses cheveux qui se déroulaient. Je sais ce qui me reste à faire. Quant à toi, fais ce que tu voudras.

— Allons, Cloclo, sois calme, fit sa mère qui voyait que la brouille allait venir entre eux.

Roger avait mis son chapeau sur la tête et s'apprêtait à sortir, avec calme.

—Allons, ne sortez pas ainsi, mon cher ami, fit Champolion en le retenant par le bras. Allez embrasser votre femme, et restez bons amis, voyons, voyons...

— Non, laissez-moi partir, j'ai besoin de prendre un peu d'air. Toutes ces discussions me fatiguent.

Mme Ponpon fit signe à sa fille de retenir Roger, mais elle ne bougea pas.

Roger franchit le seuil de la porte.

— Allons, voyons, voyons, cher ami, ne partez donc pas comme ça, c'est enfantin, dit Champolion, en retenant encore par le bras Roger qui tâchait de se dégager doucement.

Et pendant que Mme Ponpon poussait sa fille vers *la porte* afin de retenir Roger, celui-ci descendit les escaliers et disparut dans la rue.

— Patatras ! ça y est ! fit Champolion en se laissant aller sur une chaise et en s'épongeant le front avec son mouchoir ; nous voilà bien lotis !

— Ambroise a raison. Le voilà parti. C'est embêtant !

— Très embêtant, ajouta celui-ci, très ennuyé.

— Eh bien, quoi, répliqua Clorinda, nous irons à Venise, je verrai Marc, et le ferai revenir à moi, à la maison. Il est assez godiche...

— Oh ! pour ça, oui, interrompit sa mère.

— Il est assez bon pour revenir à moi ; il en était fou, et si je ne l'aurai plus complètement, puisqu'il est marié, nous saurons profiter de sa fortune pour vivre encore d'une façon convenable.

— Ça, c'est bien parlé, ma fille. Voyons, le 25 il sera à Venise. Aujourd'hui c'est...

— Le 21, dit Champolion.

— Quatre jours pour se préparer. Tu viendras avec nous Ambroise ; il faut que nous ne soyons pas seules ; deux dames sans être accompagnées, cela n'est pas très comme il faut. Et ça intimidera Marc, car il faut d'abord l'intimider, ma fille ; puis les larmes.

— Oh ! laissez-moi faire, ma mère, je connais le truc, va, ainsi que le caractère de Marc.

— Et tu verras que nous réussirons. D'ailleurs, je serai là, moi, et comme il me craint, ma présence seule lui fera faire toutes les concessions possibles, sans que sa femme...

— Sa femme!... interrompit Clorinda, en hochant la tête de dépit.

— Dame! oui, sa femme pour tout de bon celle-là, mais sans qu'elle ne puisse rien comprendre, parce qu'alors il y aurait de l'embarras et notre coup serait manqué.

— Sapristi! tâchons de ne pas le rater! fit vivement Champolion.

— Crains rien, va, je tiens le timon de la barque.

Et le trio Ponpon songea à ses préparatifs de voyage.

IV

Roger s'en alla sur les boulevards et s'arrêta à la taverne Pousset.

Il se mit à réfléchir pendant que le tourbillon des passants s'engouffrait devant la terrasse du café, encombrée de consommateurs.

— Ce pauvre Marc! et dire que je l'ai ignoblement trompé, pendant qu'il croyait tant à mon amitié. Je lui dois une réparation, pour sûr? Réparer, comment?... lui qui voyage, heureux, sous un ciel plus serein, dans une atmosphère plus limpide que celle où il vivait précédemment, au sein de cette famille impossible, dirigée par une Ponpon de la nouvelle école.

Puis, après un silence :

— J'ai une peur atroce ! celle de les voir toutes les deux, la mère et la fille s'en aller à Venise pour houspiller ce pauvre Marc qui est en pleine lune. Devant cette invasion des barbares, il tomberait, pour sûr dans le gouffre profond des horreurs humaines. Et cela par ma faute, par ma très grande faute... La lettre, c'est la lettre qui m'a trahi ; c'est la lettre perdue ou peut-être dérobée par l'horrible mégère, qui a fait découvrir la retraite de Marc. Quant à moi, qu'elles aient su que je sois allé à la noce, ça m'est égal, de même que les larmes de Clorinda et ses imprécations ; tout cela m'a laissé froid, quoiqu'elle était adorable dans cette scène de désespoir et d'anathèmes. Mais l'embêtant, c'est qu'elles connaissent le lieu de refuge des nouveaux mariés. Et dire que je ne puis l'aviser et lui faire changer de route, ignorant où il se trouve en ce moment ; en route, mais où ? Et sûrement Ponpon et Clorinda seront à l'hôtel de la Lune pour recevoir les heureux voyageurs. Tableau. Et moi, moi qui ne serai pas là pour parer le coup, ou pour mieux dire, pour faire éviter le choc, qui serait terrible, en éloignant Marc de cet affreux guépier, car ce serait sa ruine, la chute de son bonheur, l'anéantissement de tous ses projets heureux dont les commencements sont déjà réalisés. Oh ! ce serait horrible ! et tout ça, par ma faute !

Il hocha la tête et devint pensif.

Tout à coup, absorbant d'un trait son verre de bière, il dit, résolument :

— C'est ça, j'irai, je retournerai chez les Ponpon, je les sonderai et irai jusqu'au bout pour sauver mon ami. Voilà la réparation, je la lui dois. Allons.

Il se leva ; il héla une voiture et dix minutes après il était chez Clorinda.

Elle était seule.

— Tiens, te voilà, mauvais cœur, s'écria-t-elle en lui sautant au cou. Je savais bien que tu retournerais, car tu sais que je t'aime, et tu en abuses, gros méchant !

Puis, après quelques reproches calins, elle reprit :

— Maman est furieuse, elle veut aller à tout prix à Venise, pour dire son fait à Marc. Elle a encore sur l'estomac « le vieux wagon » de sa lettre. Et tu sais, lorsque maman a quelque chose là, c'est fini, il faut qu'elle aille jusqu'au bout.

— Et toi, que vas-tu faire ?

— Moi ? mais la suivre, mon pauvre chéri ! la suivre partout. Au fond, elle a raison, Marc s'est conduit comme un goujat, et il faut qu'il le sache.

— Mais sa femme ? Voudriez-vous briser son avenir, ou plutôt le bonheur qui l'environne en ce moment ?

— Ah ! je me fiche pas mal de son bonheur qui

l'environne !.. A-t-il songé au mien, lui, à mon petit bonheur !

— Tu l'aimais donc bien ?

— Je l'aimais, et je croyais qu'il m'aimait davantage, voilà tout. D'ailleurs, ne parlons plus de ce sot amour, puisque tu es là, toi, que j'aime comme une grande folle que je suis.

Lui, après réflexion et comme s'il avait une idée :

— Tu as raison, Cloclo, Marc n'a pas été chic envers toi ? ni envers personne, et moi-même j'ai une dent contre lui, malgré ses protestations d'amitié.

— Tiens, tiens, pourquoi donc ?

— Rien, ne me demande rien, plus tard je te dirai cela, mais je t'avoue que j'aimerais bien qu'il sache ce que j'ai sur le cœur.

— Comme nous ; allons, allons, tant mieux.

— N'est-ce pas ?

— Mais, gros chéri, viens donc avec nous à Venise, ce sera une ballade agréable, nous irons en gondole, au clair de lune, et nous embêterons Marc et son espagnole.

— C'est une idée. Je l'adopte.

— Ah ! chéri, chéri, chéri, que tu es beau !

Et Clorinda embrassa fortement son ami sur les deux joues.

Madame Pompon, suivie de Champolion, entra au moment où retentissaient les deux baisers.

— Ah ! ça, c'est du propre, mes enfants ! s'écria-t-elle, avec un gros rire, regarde donc, Ambroise.

— Oui, je vois, dit-il, en tendant joyeusement la main à Roger.

— Mais tout ça c'est pas ça encore, maman, fit Clorinda en s'avançant vers elle; je te présente notre chef d'expédition.

Et elle désigna Roger.

— Quoi donc, quoi donc, tas de farceurs! fit Madame Ponpon, en prenant un air intrigué et comprenant déjà de quoi il s'agissait.

— Roger vient avec nous à Venise.

— Pas possible! s'écria sa mère, en laissant tomber lourdement et avec ampleur ses bras sur ses cuisses.

Puis, se tournant vers Ambroise :

— Tu le crois, toi?

— Il paraît que oui, puisqu'elle le dit, répondit celui-ci avec un petit rire malicieux.

— Allons, ne faites pas les Jacquots tous les deux, fit Clorinda en haussant les épaules, Roger a une dent, comme nous, contre Marc, et une grosse dent, allez.

— Moi, j'en ai quatre, cria sa mère en tendant le poing.

— Donc, nous sommes tous d'accord.

— Mais comment donc, ma fille, archi d'accord.

— Et pourtant la lettre de Marc à Roger... objecta timidement Champolion.

Et la Ponpon de reprendre :

— Eh bien, quoi, tu doutes de Roger, s'il le dit c'est qu'il le pense et que c'est vrai, on ne sait pas les choses, espèce de toutou.

Champolion baissa la tête et ne dit plus rien.

— Nous partirons après-demain, le temps de faire les malles.

— Nos malles avec tout ce qu'il faut, ajouta sa mère, car il ne faut pas avoir l'air d'être des chemineaux.

— Que t'es bête, maman, mon Dieu que t'es bête!

— Et puis l'espagnole verra que nous sommes des gens pas ordinaires et que si nous embêtons son mufle de mari, c'est que nous en avons le droit et que nous sommes des gens à la hauteur.

Clorinda et Roger la regardaient en souriant.

Mme Ponpon poursuivit, sérieusement :

— Toi, Ambroise, tu porteras un costume, type anglais, avec chapeau frivole et sacoche en bandoulière, que nous achèterons ensemble à la Belle Jardinière, demain.

— Je tiendrai donc la caisse? fit celui-ci, un peu inquiet.

— Non, c'est vrai, pas toi, c'est Roger qui se chargera de la sacoche, avec ce qu'il y aura dedans, n'est-ce pas, gros benjamin, dit-elle en s'adressant à Roger.

Celui-ci acquiesça d'un signe de tête, comprenant fort bien qu'il s'agissait de payer les frais de voyage.

— Toi, Clorine, tu as des frusques à gogo, tu choisiras tes plus belles toilettes; pas nécessaire de faire de nouveaux frais, n'est-ce pas, Monsieur Roger, soyons économes avant tout; il est inutile de jeter l'argent par la fenêtre. Voilà comment j'entends les choses, moi, et voilà pourquoi j'ai toujours passé pour une femme sérieuse.

— Et pratique, ajouta Roger, d'un ton naturel.

— Quant à moi, poursuivit Mme Ponpon, quoiqu'il me faille un cache-poussière quelconque et un chapeau de voyage type tyrolien avec une toute petite plume au côté, mais tout cela très simple, tout ce qu'il y a de plus simple; mais je tâcherai de m'en passer, ne voulant pas, je vous le répète, grever la caisse de voyage.

— Non, puisqu'il te le faut, voyons, objecta Champolion.

— Enfin, on verra. Allons les enfants, n'en parlons plus, parce que plus on parle de ce voyage extraordinaire, plus nous exigerions un tas de choses que nous ne devons pas nous permettre, et je parle avant tout en mère de famille.

— Vous aurez votre cache-poussière et votre chapeau tyrolien avec la petite plume au côté, superbe maman, dit Roger en riant, et si toutes les dépenses du voyage ne se bornaient qu'à ces deux gracieux objets, tendant à vous rendre toujours plus belle, ce serait charmant.

— Pour l'officier payeur, ajouta Clorinda, sur le même ton.

— Un vrai beurre, répliqua sa mère.

On se sépara pour songer aux préparatifs du voyage.

Le soir même, Roger adressa la lettre suivante à Marc, hôtel de la Lune, à Venise :

« Mon cher ami,

« Une effroyable combinaison vient de se tramer « dans la maison Ponpon. La mère, la fille et l'idiot « de Champolion ont décidé de partir pour Venise, « uniquement pour causer un scandale à l'hôtel de « la Lune, et t'abîmer aux yeux de ta nouvelle épouse. « L'affreuse Ponpon a découvert malheureusement ta « retraite par la lecture de ta lettre que j'ai laissée « tomber maladroitement par terre en sortant de « chez elle, et que Clorinda m'a remise le lendemain, « avec une rage de tigresse blessée, tandis que sa « mère était en furie. Ton « vieux wagon » l'a rendue « véritablement bestiale. Bref, elles ont décidé de « venir t'attendre à ton arrivée à l'hôtel de la Lune, « en se présentant à toi comme des spectres de « Banco.

« Cette effroyable machination m'a bouleversé, en « songeant au malheur qu'elle pourrait produire. J'ai « aussitôt décidé à mon tour, de partir avec eux, sous « le prétexte que j'ai une dent contre toi ! mon pau- « vre ami, toi le meilleur des amis et moi heureux « de ton bonheur !

« Et cela pour parer à toute éventualité, tâcher sur- « tout de faire échouer leur plan, venir enfin à ton « secours, en cas de déchaînement de tempête. J'ai « donc résolu de partir avec le groupe, armé, de pied « en cap, de toutes les bonnes volontés pour te sauver.

« Si cette lettre pouvait te parvenir avant notre ar-
« rivée à Venise, ce serait un bonheur, car tu décam-
« perais aussitôt en prétextant, auprès de ta femme,
« une épidémie de scarlatine qui sévirait à Venise.
« Dans tous les cas, prends des dispositions et compte
« sur ma vieille et sincère amitié.

« ROGER. »

Au moment de se mettre en route, il songea tout à coup avec effroi, que cette lettre écrite en clair, pouvait être lue également par la femme de Marc, car celui-ci l'ouvrirait sans doute devant elle, et qu'il ne pourrait pas se dérober à sa curiosité, à moins de faire amonceler aussitôt sur son bonheur de gros nuages. Il en était atterré. Comment faire. Arrêter la lettre? mais elle était déjà arrivée à destination. Oh! mon Dieu! mon Dieu! quel effroyable cataclisme! Et tout cela encore par sa faute, son imprévoyance. Et tandis qu'il voulait faire dévier leur marche vers Venise, sous prétexte d'une erreur d'indication, ou simuler une indisposition qui les obligerait à s'arrêter en route, dans une ville intermédiaire, il se voyait maintenant contraint à filer au plus vite sur Venise, afin de se trouver là, au moment de l'arrivée des deux heureux voyageurs et aviser son ami de l'effroyable malheur qui l'attendait.

Et tandis que les autres paraissaient joyeux d'un voyage au pays des lagunes et des amoureux, disait cette fois la mère Ponpon, Roger était fiévreux, inquiet, ce qui faisait dire à Clorinda en montant en wagon.

— Allons, voyons, Roro, ne prends pas un air d'enterrement, nous allons embêter Marc !

— Oui, allons l'embêter en douceur, répéta Madame Ponpon, en verve, en se prélassant dans le compartiment des premières et en prenant largement ses aises.

Le train partit.

V

Marc Bouloiche se trouvait le plus heureux des hommes et son mariage avait marché comme sur des roulettes, sans le moindre accroc, la plus petite contrariété, le plus insignifiant des riens. Ses parents avaient été enchantés de cette union qui rapportait à leur fils la grosse somme, et comme cela est un peu partout, notamment en Normandie, on juge généralement de la valeur de la personne au montant de son avoir. Mme Dolorès y Compétos y Brambillas apparaissait à leurs yeux comme une femme extraordinaire, douée de toutes les qualités, de tous les talents et de la beauté la plus parfaite, car elle apportait un million de fortune en dot à son nouvel époux qui n'avait, lui, que des pâturages et quelques betteraves rapportant juste de quoi vivre à Paris, en entretenant une petite femme et sa famille sur un pied de bien petite mesure. C'était une excellente, une magnifique affaire pour Marc, car désormais il n'épuisera plus sa famille et laissera à la maison, les mensualités que lui faisait son père. Il pourra même acheter deux ou trois fermes qu'il fera gérer au profit de son vieux *pé* et de sa vieille *mé*, ainsi qu'il appelait lui-même, en riant, son père et sa mère, en son patois normand. Aussi la réception des nouveaux mariés à Fausseville, fut-elle assez remarquable, en ce pays où l'on aime à jaser, à se jalouser, à se détester, et où l'empire de l'argent est souverain et où les petits esprits avaient généralement toujours le dessus.

Marc connaissant l'esprit de son pays, s'en était éloigné et vivait à Paris, sans se soucier des fermages, des pâturages et des récoltes d'avoines, de blé et de colza que son père, quoique âgé, administrait en bon normand sérieux et tout à son affaire. La conduite de son fils insouciant était critiquée dans le pays qui aime le travail, mais à l'annonce de ce mariage mirobolant, il y eut un retour d'opinion en sa faveur.

L'accueil qu'on fit à sa femme lui fit un énorme plaisir et il songea aussitôt à faire bâtir une maison de plaisance pour y passer une partie de l'année et faire marcher lui-même ses affaires, en homme sérieux.

— Il en est temps ! s'écria-t-il, en frappant joyeusement sur l'épaule de son vieux père qui hochait la tête en disant :

— C'est-y bien vrai, cette fois, mon fi !

— Demandez-le donc à ma femme, mon père.

Et sa femme opinait de la tête et l'embrassait ensuite.

Elle adhéra à ces projets, toute enchantée de l'accueil qu'on lui avait fait, au milieu de ces gens simples et sans apparat, et elle se voyait déjà la grande dame le mieux cotée de l'endroit, une sorte de châtelaine exerçant un certain empire sur toute la contrée n'ayant vu que la partie secondaire des gens du pays. Mais l'impression fut si charmante, qu'elle parlait déjà à son mari d'un nouvel héritage en perspective et qui paraissait lui échoir en une époque assez rapprochée. Marc fut littéralement écrasé de bonheur. Aussi se promettait-il de faire un voyage de noces des plus épatants, disait-il, sans regarder à la dépense, afin que sa femme puisse emporter de cette ballade amoureuse et toute légitime un souvenir impérissable, à travers les pays les plus enchanteurs de la péninsule italienne.

Ils quittèrent Fausseville avec le cœur à la joie, et brûlèrent Paris.

A Milan, ils ne firent qu'une courte halte, avides d'arriver au pays des magnificences terrestres, Venise, rêvée par les cœurs enflammés, par les artistes, par les amants de clair de lune, Venise au charme infini, où le cœur perd le sens de la vie pour ne vivre que dans un ciel éthéré, où l'âme est toute imprégnée de folles illusions qui la grise, où le corps est comme énervé de désirs qu'il ne peut définir. Ils rêvaient de Venise comme des enfants de vingt ans qui croient encore aux choses de l'autre monde sans se soucier de celles qui sont les plus vraies.

Ils arrivèrent à Venise, par un temps pluvieux, mais l'envie folle d'arriver à l'hôtel en gondole, en traversant le grand canal pour jouir d'amblée du coup d'œil des palais célèbres qui bordent les deux rives du Canalone, les fit arriver à l'hôtel de la Lune, trempés et fatigués d'un si long trajet effectué en gondole, au lieu du bateau-mouche qui fait habituellement le service de la gare jusqu'au Lido, en s'arrêtant en diverses stations, et au lieu de prendre des raccourcis, à travers les canaux, les *rii*, que les gondoliers prennent ordinairement, avec l'acquiescement des voyageurs.

Mais ils avaient traversé la ville enchanteresse, dans toute sa longueur pour se donner le charme de la possession entière, comme avides d'impressions. Ils arrivèrent donc à l'hôtel, réellement fatigués, et pressés de changer de vêtements qui étaient entièrement mouillés.

Au moment où Dolorès entrait la première à l'hôtel, guidée par le garçon transportant les valises, et suivie de Marc qui surveillait le reste des bagages, celui-ci se vit tout à coup saisir par le bras.

Il se retourna brusquement.

— Roger ! s'exclama-t-il ébahi.

— Chut ! fit celui-ci à voix basse.

Puis, très vite et très bas :

— Tu trouveras une lettre à ton adresse, à l'hôtel lis-là en cachette de ta femme ; elle te dira tout. Ne crains rien, je suis là.

Et il disparut comme par enchantement, laissant Marc, hébété, et ne sachant que penser.

Mais la voix de sa femme l'appelant, il accourut vers elle.

— Qu'avez-vous, Marc, vous êtes tout drôle !

— Oh ! rien, chérie, rien, je suis trempé, et il me tarde d'entrer dans notre chambre.

— Moi également. Dieu ! quel voyage sur l'eau.

— Sous l'eau, disons-mieux, chérie.

— Vous avez raison.

— Mais, voyons, le garçon où est-il ? et nos bagages ? Je vais voir.

Il laissa sa femme en plan comme pour aller à la recherche du garçon qui montait tranquillement les bagages dans la chambre qui avait été retenue d'avance, télégraphiquement, par lui-même. Il alla droit au bureau de l'hôtel, demander sa correspondance avant même de se déclarer comme voyageur, accompagné de sa femme.

On lui remit la lettre de Roger et la dame qui tenait le bureau s'apprêtait à lui demander sa déclaration d'entrée pour la consigner sur le registre de l'hôtel, lorsque Madame Boulloiche, qui avait suivi son mari, s'avança vers lui au moment même où il déchirait fiévreusement l'enveloppe de la lettre qu'on venait de lui remettre.

— Ah ! déjà une lettre ! fit-elle en s'approchant bien près pour lire.

Et lui, chiffonnant subitement la lettre et la mettant dans sa poche, comme un morceau de papier quelconque, dit d'un air troublé :

— C'est la lettre d'un imbécile. Ce n'est rien. Montons, chérie, montons dans notre chambre.

— Comment, un imbécile qui nous écrit à l'hôtel avant même que nous y soyions.

— Oui, oui, mais ne vous occupez pas de cet intrus, cela ne vaut pas la peine. Allons, ma chère.

Et toujours troublé, comme un homme coupable qui veut cacher son méfait, il prit sa femme par le bras, en disant à la dame du bureau, d'un air dégagé, mais mal dissimulé :

— Veuillez nous faire conduire dans notre appartement, Madame.

— De suite, Monsieur, répondit-elle en touchant un bouton électrique.

Un garçon s'avança et conduisit les deux voyageurs dans une chambre du premier étage où ils s'installèrent, silencieusement, comme préoccupés ; elle, par le changement subit d'humeur, si joviale, si heureuse de Marc et surtout par le trouble qu'il a montré en mettant, si vivement dans sa poche sans la lui faire lire, la première lettre reçue à l'hôtel, ce qui devait cacher un mystère : et lui, par la curiosité infinie, presque angoissée, de connaître la vérité sur le voyage mystérieux de Roger à Venise, sans se montrer à sa femme qui le connaissait depuis la célébration du mariage.

Leur installation se fit donc au milieu d'un silence qui gênait l'un et l'autre; l'une se demandait: qu'est-ce que cela veut dire ? et l'autre : qu'est-ce que cela peut bien être ?

Tout à coup, il laissa échapper un cri.

— Ah ! mon Dieu !

Et un tremblement le saisit sur le champ, comme un homme en proie à une violente émotion et qu'il ne peut réprimer.

Sa femme éclata en sanglots.

— Mais qu'est-ce donc, mon Dieu ! s'écria-t-elle en l'entourant de ses bras. Voyons, Marc, dites-moi la vérité. Pourquoi ce trouble, cette émotion, cet effarement. Dites-moi la vérité, à moi, qui suis votre femme pour toujours, dites-moi...

Et sa voix devenait suppliante.

Marc s'efforça de sourire et dit en l'embrassant :

— Un rien, chérie, un rien, un souvenir biscornu, bêtement atroce de ma vie de garçon, en entrant dans cette chambre.

— Ici, même ?

— Non, ailleurs, mais, laissons cela de côté, chérie, cela ne vaut réellement pas la peine. Je suis un idiot pardonnez-moi, un triple idiot.

— Un souvenir passionnel ? fit-elle en se raidissant.

— Non, une imbécilité quelconque, chérie, que je vous raconterai, un jour, au coin du feu.

Et il la caressa tendrement, revenu à lui par ce demi-aveu.

Ce cri avait été poussé à la pensée que cette lettre qu'il tenait toujours cachée en poche, devait annoncer l'arrivée de Clorinda et de sa mère, à Venise, car la présence mystérieuse de Roger et ses dernières paroles : « Ne crains rien, je suis là, » disait clairement qu'elles n'étaient pas loin de lui. Mme Ponpon, oh ! Mme Ponpon surtout l'effarait, le jetait dans un trouble indicible ; il avait peur d'elle, de son visage de dragon en furie, peur de sa présence qui, elle seule, était un épouvantail.

Cette Ponpon pouvait occasionner un scandale qui l'eût à jamais perdu aux yeux de sa tendre épouse. ou plutôt de sa femme, issue de sang espagnol et qui devait être terrible, sans doute, dans ses moments de jalousie féroce. D'un rien, d'une relation en somme banale de garçon, pouvait naître des complications désastreuses pour son nouveau bonheur et son avenir assuré. Il redoutait la Ponpon comme une trombe d'eau dans le nid nuptial.

Et cette lettre devait lui faire connaître la vérité : le calmer ou le terroriser.

Et il aurait voulu dévorer cette lettre énigmatique, mais il ne pouvait pas la lire devant elle, et ne pouvait pas non plus s'éloigner de l'appartement, même un tout petit instant, pour satisfaire un besoin légitime, parce que sa femme aurait pu croire que cette légère absence, toute naturelle qu'elle put être, était combinée par lui, pour lire plus librement ce chiffon de papier, cause de son trouble apparent et qui devait contenir certainement des choses abominables.

Ce papier lui brûlait, mais il tâcha de réagir et se mit à chanter, à haute voix, l'air connu :

Oh ! que Venise est belle !

Puis, il se mit à rire comme un homme nerveux qui veut dissimuler ses angoisses.

Elle voulut bien oublier cet incident, presque dramatique pour elle, en ce moment de félicité complète, car elle n'avait plus rien à désirer, cette femme sur le retour qui retrouvait sur sa route un homme jeune, ardent et gai et conforme à ses illusions toujours vivaces.

Le calme parut revenir sur eux. Tout en faisant leur toilette, ils causèrent de leurs premières impressions en parcourant le grand canal, sous une pluie fine et regardant les somptueux palais, la plupart dentellés, qui apparaissaient et fuyaient devant eux, accoudés sur le bord de la gondole qui filait doucement, sous les coups de la rame unique du gondolier qui se tenait debout à l'arrière de l'élégant bateau.

Leur toilette terminée, ils descendirent dans la salle à manger de l'hôtel et prirent place à la table d'hôte, presque toute occupée, ne trouvant plus libres de petites tables où ils auraient voulu causer à l'aise de leur voyage et de leur amour.

VI

Pendant que se déroulait cette scène, une autre plus accentuée se jouait dans les couloirs, ou plutôt dans le petit salon à côté de la grande salle, où se trouvaient attablés Mme Ponpon, Clorinda et leurs deux compagnons.

— Et dire qu'il est là avec son Espagnole, et moi, ici, impuissante à lui jeter à la face tout ce que j'ai sur le cœur, disait Clorinda, en chiffonnant sa serviette de rage, et tout cela, pour t'obéir, pour avoir peur de toi, Roger, qui abuses de ma situation en ce moment. C'est affreux, pour ne pas dire un mot plus fort.

— Oh! ma foi! ma fille, tu peux cracher le mot, va, et tu auras raison, M. Roger a tout fait pour nous contrarier en route. Nous avons changé deux fois de trains sous prétexte qu'ils n'étaient pas assez rapides, puis nous avons filé tout d'un trait, comme des insensés, sans jouir réellement des plaisirs du voyage; et nous sommes arrivés ici comme des paquets, de véritables colis, sans charme, sans gaieté, sans rien de rien du tout. Eh bien, mon cher, il faut que je vous le dise : vous êtes un bien mauvais compagnon de voyage, voilà.

— Maman a mis les points sur les i.

— Et vous, M. Champolion, vous n'avez rien à formuler à votre tour ? fit Roger, tranquillement, en découpant une volaille.

— Moi, je trouve que... cette cuisse de poulet que vous m'avez donnée est délicieuse.

— Bravo, mon cher, vous avez de l'esprit.

— Oui, de l'esprit à sa façon. Vous me l'avez complètement changé en route, M. Roger; en vous amusant d'abord à lui faire dévisager les voyageuses, les jolies.

Celui-ci se mit à rire, pendant que Champolion dit, en mangeant :

— Allons, allons, grosse bichette, mange donc et ne t'enrage pas comme tu le fais. Tu tomberas malade, pour sûr.

— Toi, tais-toi, je t'ai dans le nez, cria Mme Ponpon.

— Et moi ? dit Roger toujours calme et souriant.

— Oh ! vous...

— Dans le dos, assurément, acheva Roger.

Clorinda ne put s'empêcher de rire.

Roger versant à boire à Mme Ponpon.

— Excellent, n'est-ce pas, ce Chianti, quoique vin ordinaire.

— Franchement oui, fit-elle en faisant claquer sa langue. Si vous étiez aussi excellent, vous, les choses marcheraient mieux, selon nos désirs.

— Vos désirs ?... voyons, je vais vous parler carrément, puisque ni vous, ni Clorinda, n'avez pas assez d'intelligence...

— Cause toujours, va, fit celle-ci rageusement.

— Oh ! pour les compliments..., répliqua sa mère.

— Laissez-moi donc finir. Oui, pas assez d'intelligence pour comprendre que nous allions commettre des sottises, et moi, le premier ; mais, éclairé subitement, j'ai tout tenté et tout fait pour empêcher de les commettre, et j'ai peur de ne pas avoir réussi complètement.

Clorinda, haussant les épaules :

— Ouf !

— C'est très poli, cela. Mais, baste ! Donc...

— Mais enfin, qu'est-ce que vous voulez dire, interrompit Mme Ponpon, en continuant de manger.

— Je veux dire ceci, que nous avons tout le temps de mettre à exécution nos projets de vengeance.

— Mon Dieu ? dit Champolion en levant les bras en l'air, vous prononcez ce mot « vengeance », comme au théâtre.

Et contrefaisant un acteur tragique :

— Vengeance terrible ! !

Et il avala un morceau de pâté.

Roger se tournant vers lui.

— Vous êtes réellement transformé, mon cher M. Champolion, et j'en suis ravi.

— Ce voyage à Venise lui a fait perdre un peu la tête, fit Mme Ponpon.

— Ou plutôt ressaisir la sienne.

On ne comprit pas ces derniers mots, Mme Ponpon comprit plutôt qu'il disait qu'il était ivre.

— Tu vois, Ambroise, comme il te bêche !

— Moi ? tu radotes, bichonne.

Mme Ponpon fit un mouvement et regarda sévèrement Champolion.

Clorinda dit à son tour à Roger, durement :

— Enfin, où veux-tu en venir, voyons, achève vite, afin que je me désénerve ! ! ! Car depuis Paris, je n'ai pu te comprendre encore. Ton attitude m'a donné souvent des envies de retourner chez moi.

— Oui, chez nous, ajouta sa mère.

— Non, vrai, vous ne m'avez pas compris. Voilà : Marc est là, à un pas de nous, là, dans cette salle...

— Oui, oui, je le sais, je le sais, après... fit Clorinda, les dents serrées.

— Oui, nous le savons, dans la salle à côté, là ; il est en train de gueuletonner avec sa joueuse de castagnettes et de rigoler à son aise, pendant que nous sommes ici, en train de nous manger le nez, ajouta sa mère.

Puis, avec un accent rageur :

— Ah! qui aurait dit que je serais là, impassible comme un poteau, après un voyage si long, si long.

— Mais vous ne me laissez pas achever, fit Roger en haussant les épaules.

— Laisse-le donc achever, Réséda, fit Champolion en vidant son verre.

— Toi, je te le répète, tais-toi, bois, mange, empiffre-toi jusque-là, et fiche-moi la paix.

— Oui, je vois ce qu'il va dire, ce qu'il m'a corné d'ailleurs aux oreilles pendant le voyage, les seuls mots charmants qu'il m'a dits : « Laissons donc tranquille Marc ; qu'est-ce que cela peut bien te faire à toi, puisque je suis là ».

— Oh! là, d'un côté, il a un peu raison, M. Roger il a raison, puisqu'il est là, dit encore Champolion.

— Eh bien, oui, c'est cela, je l'ai dit et le dirai encore, qu'est-ce que cela peut bien vous faire, puisque je suis là, moi ; laissons donc les autres tranquilles pour le moment.

— Et tes fameux projets de vengeance, les tiens?

— Les miens, répondit Roger en haussant les épaules, je les réserve. Chaque chose a son temps. mais j'ai pensé qu'en cette merveilleuse ville de Venise...,

— Oui, parlons-en, il pleut depuis ce matin, dit Mme Ponpon.

— La pluie a cessé et il ne pleuvra plus de longtemps, je vous assure. Ici, il pleut un jour tous les dix ans. Aujourd'hui, il a payé sa dette, et demain, soleil resplendissant et charme sur toute la ligne, vous verrez. Alors, pourquoi ne pas nous divertir, rire, boire, chanter. Vous verrez des effets de lune...

Champolion chanta aussitôt :

Sur la lagune,
Au clair de lune.

— Oh! assez, chaudron! fit Mme Ponpon.

— Demain, continua Roger, nous irons en gondole à travers les canaux mystérieux de la ville et pendant que je dirai des bêtises à l'oreille de ma belle Clorinda, M. Champolion en dira de bien grosses sous le nez de sa tendre Réséda.

Ils écoutaient, tous, comme pénétrés de ce qu'il disait.

Roger continuant :

— Voilà pourquoi, j'ai toujours combattu votre manière de voir, après réflexion, après un jugement précis sur la situation présente qui m'apparaît des plus riantes, si nous savions en profiter ; et je vous ai évité de faire, non seulement des bêtises mais de vous compromettre, car en somme, le scandale est sévèrement puni ici, dans ce pays des rêves. Je lisais cela en voyage, dans un journal, à propos de je ne sais quoi ; et voilà comment la réflexion m'est venue et comment elle m'a inspiré d'autre part, des idées pacifiques, en attendant les terribles, en voyant cette cité originalement merveilleuse et le parti que l'on pourrait tirer de ses charmes.

— Tout cela n'est pas trop mal, dit Mme Ponpon, cependant....

— Oh ! bichette, il n'y a pas de cependant, M. Roger parle d'or, et je l'approuve, dit Champolion.

— Du moment que tu l'approuves, moi j'ai envie de ne pas l'approuver ; pourtant, c'est très chic ce qu'il a dit là.

— Il est clair, dit à son tour Clorinda, que si tu m'avais parlé comme cela, en route, je n'aurais peut-être par mordu mes lèvres cent fois.

— Et puis d'ailleurs, fit Roger qui voyait la partie se gagner peu à peu, est-ce que Marc et sa dondon de femme, valent-ils réellement la peine à ce que l'on s'occupe d'eux, comme nous le faisons si bêtement? Sommes-nous même pas imbéciles d'en causer si rageusement, alors qu'il nous serait si facile de faire ici un peu de noce, beaucoup même, et demain d'épater les Vénitiens par notre mine réjouie?

— M. Roger est épatant, dit Mme Ponpon, satisfaite, en regardant sa fille.

— Buvons! fit celle-ci et faisons la noce.

— Bravo ! répétèrent en chœur les autres.

Roger fit servir du champagne. Trois bouteilles sautèrent ; les rires étaient bruyants, les paroles pimentées. Champolion s'est mis à danser tout seul et à faire des poses académiques. Mme Ponpon riait à gorge déployée en se renversant sur sa chaise, tandis que Clorinda fredonnait une chanson grivoise, assise sur les genoux de Roger qui avait conservé toute sa sérénité d'esprit, tout en versant à boire et en feignant d'être aussi gai que les autres, sans se livrer cependant à aucune extravagance, il semblait se réjouir de l'état des autres, en jugeant la situation bonne pour son ami Marc.

En un moment donné, il se leva pour revenir de suite, dit-il.

— Ah ! je comprends, dit Champolion, en titubant presque, j'irai à mon tour où vous allez, lorsque vous retournerez, je garde ces dames, et les soigne.

Et pendant qu'il se versait encore à boire, Roger sortit un instant pour aller humer un peu l'air sur la terrasse de l'hôtel.

Mme Ponpon continuait à rire des facéties de Champolion, en disant que jamais son Ambroise n'avait été si drôle, si spirituel.

Puis, tout à coup :

— J'ai envie de faire une farce à Marc, pendant que Roger n'est pas là.

— Que vas-tu faire, mamiche ?

— Tu vas voir, fifille.

Et elle se mit devant la glace, ramena ses cheveux sur le front, en les ébouriffant, ou plutôt en les mettant d'une manière désordonnée un peu partout, comme pour se donner un air égaré, puis, fronça les sourcils, en ouvrant grandement les yeux, releva ses manches, donna à son visage une expression terrible, et ouvrit brusquement la porte donnant dans la grande salle où était la table d'hôte, encore très animée, et se montra ainsi, les bras tendus et les poings fermés, vers Marc qui se trouvait justement en face, puis referma vivement la porte en éclatant follement de rire.

Ce fut comme une apparition fantastique, terrifiante qui impressionna fortement même trois ou quatre personnes placées aux côtés de Marc.

Marc poussa un cri et tomba à la renverse, pendant que Dolorès en poussait un autre en se jetant éperdu sur son mari chancelant.

Un grand mouvement se fit parmi les voyageurs et les gens de l'hôtel.

Les garçons se précipitèrent dans le salon où Mme Ponpon riait toujours devant Clorinda qui partageait son hilarité, tandis que Champolion, à l'instant dégrisé, semblait être très confus de ce qui venait de se passer.

Roger entra en ce moment.

Ce brouhaha général lui fit froncer les sourcils. Il comprit aussitôt que pendant son absence quelque chose d'insolite venait de se passer. Le maître d'hôtel et les garçons avaient envahi le petit salon et semblaient faire des reproches à Mme Ponpon, de son inconvenante attitude, en cet hôtel si respectable et où les farces grossières étaient absolument interdites. On pouvait s'amuser, mais non incommoder ou plutôt effrayer les autres paisibles voyageurs.

Et pendant que Mme Ponpon ramenait ses cheveux sur la tête et descendait les manches de son corsage, Roger dit au maître d'hôtel, comme pour excuser la mère de Clorinda, que Madame était sans doute un peu grise, mais que demain, ils quitteraient l'hôtel après ce petit scandale regrettable.

Puis il sortit aussitôt pour aller dans la salle voir Marc et sa femme ; mais ces derniers étaient remontés dans leur chambre, sitôt après l'incident.

Il n'alla pas plus loin, et retourna rejoindre les autres, sans proférer un mot, mais on voyait la colère peinte sur son visage.

— Rentrons, dit-il brusquement, après une légère pause. Je ne parlerai pas de votre conduite inqualifiable. Et vous avez profité de mon absence, pour commettre cette méchante, cette stupide action.

— Ah ! tu nous embêtes, à la fin. Notre voyage n'avait après tout que ce but. En somme, nous avons rigolés ; et puis maman a bien fait, là.

— Clorinda !

— Demain nous recommencerons de plus belle, voilà, joli garçon, fit Mme Ponpon, moitié ivre encore.

— Je suis navré, infiniment navré, de ce qui vient d'arriver, fit Champolion, pouvant à peine se tenir debout, mais enfin, ces dames étaient gaies, et puis, Réséda ne l'a pas assassiné !

— C'est bien, c'est bien, rentrez dans vos appartements, moi, je sors pour prendre l'air, car je me sens étouffé.

— Oh ! pauvre chéri ! comme tu souffres ! dit d'un ton gouailleur Clorinda en s'arrangeant devant la glace. Mais va, ne crains rien, ton ami n'en mourra pas ; son espagnole le fera vivre avec ses picaillons.

Roger ne répondit pas et sortit.

Il entra dans un café de la place Saint-Marc et écrivit ces lignes qu'il ne signa pas :

« Monsieur le questeur,

« Trois anarchistes arrivés, hier, de Paris, se trou-
» vent en ce moment à l'hôtel de la Lune. Ils s'ap-
» prêtent à commettre, demain matin, sans doute,
» une action épouvantable. Il serait encore temps de
» prévenir ce malheur. Le plus dangereux de ces
» criminels est une femme, nommée Cocardar Anna,
» dite Réséda, puis sa fille, Clorine, dite Clorinda,
» et le nommé Champolion, Ambroise, se disant
» rentier. »

Il se fit donner l'adresse du questeur, c'est-à-dire du chef de la police, et il alla mettre cette lettre dans la boite même de la questure avec le mot *urgent* sur l'enveloppe.

Puis, il se dirigea vers l'hôtel, en se disant :

— C'est le seul moyen de faire partir Marc, sans

avoir à ses trousses cet affreux trio qui devient même déshonorant pour moi ; mais c'est moi qui ai commis la faute et moi je dois la réparer...

Puis, reprenant son monologue :

— La Ponpon et sa fille, ainsi que l'autre, resteront sans doute enfermés toute la journée pour permettre au commissaire de procéder à une enquête, d'aller aux informations, ce qui amènera bien entendu une ordonance de non-lieu en leur faveur, vers le soir. Mais dès que Marc et sa femme auront quitté Venise, assurément dans la journée, dans tous les cas, je les y contraindrai en faisant valoir mille raisons plausibles, alors, j'irai de suite plaider en faveur des prisonniers, voire même me constituer caution, pour ne pas les faire gémir plus longtemps sur la paille humide des cachots vénitiens. Et pendant ce temps, les malheureux époux, redevenus heureux, fileront vers un ciel plus serein. Voilà donc mon plan, tout arrêté. Je crois que cela réussira.

Et il rentra tranquillement à l'hôtel où il trouva tout son monde couché et dormant à poings fermés.

L'ivresse les avait anéantis.

VII

Le lecteur a compris avec quelle épouvante, Marc a vu apparaître soudainement, brutalement même la Ponpon, avec les cheveux ébouriffés, le regard farouche, la mine diabolique, les bras tendus vers lui, avec les mains crispées, ainsi qu'une sorcière. Ce fut un coup de théâtre. Il jeta un cri et se renversa en arrière comme frappé par un coup en pleine poitrine. Sa femme poussa un autre cri en se jetant sur lui pour le soutenir, tandis que les voyageurs, assis autour de la table d'hôte s'empressèrent de l'entourer.

— Rien !... rien !... un éblouissement, un cauchemar. Ce n'est rien... pardon, Messieurs, mais ce n'est rien.

Puis, à sa femme :

— Retirons-nous, rentrons dans notre chambre... Ce n'est rien Dolorès. Allons.

Et il monta chez lui, avec sa femme éplorée, remplie d'une indiscible émotion mêlée d'une crainte intime, et accompagnés jusqu'à leur porte par trois ou quatre personnes de la table d'hôte et des garçons de l'hôtel.

Dès qu'ils furent seuls, Dolorès se jeta à son cou en pleurant et resta ainsi un instant sans qu'elle put proférer une parole.

— Voyons ne pleure pas, chérie...

Alors, elle, vivement :

— Marc, Marc, pourquoi, pourquoi, ce cri, cette paleur, cette épouvante ?... Est-ce cette folle qui a apparu devant nous qui t'a effrayé ainsi ? Mais cela n'est pas possible ! On ne tombe pas à la renverse à la vue d'une aliénée, car c'était une folle ! Alors, pourquoi, pourquoi, depuis ton arrivée ici, cette inquiétude, cette terreur même qui semble gagner tout ton être ?...

Et lui, s'épongeant le front :

— C'est vrai ! Je suis un enfant, un imbécile même; l'apparition de cette folle m'a bouleversé, cela m'a rappelé quelque chose que je te dirai plus tard.

— Mais, tout ici te rappelle quelque chose de sinistre que tu me diras plus tard. Mais qu'est-ce donc, mon Dieu !

Puis, le regardant fixement, elle resta comme interdite, et s'écria tout à coup :

— Mon Dieu ! me serais-je trompée ? serais-tu... Mon Dieu !... mon Dieu !... serait-il possible ? Mais, serais-je moi-même l'objet d'un cauchemar ? d'un horrible cauchemar ?

Le regardant encore, haletante et comme éperdue, puis jetant un cri :

— Fou ! aurais-je épousé un fou !...

— Fou ?... moi, fou ? oh ! non, non par exemple, et je préfère te le dire, oui te dire tout. Fou, fou... ah ! c'est trop fort ! Dolorès, voilà la vérité.

En ce moment, on heurta à la porte.

Tous deux se regardèrent.

On frappa, puis une voix dit au dehors ;

— Ouvrez, c'est la caméristе.

Marc ouvrit.

Il poussa un cri et referma violemment la porte.

C'était Clorinda qui venait lui dire un bonsoir, suivi de la Ponpon qui se tenait derrière elle, tandis que Champolion s'était effacé un peu en arrière.

Et tous les trois éclatèrent de rire devant la nouvelle épouvante de Marc.

Comme ils savaient qu'ils étaient obligés de quitter l'hôtel le lendemain, à la suite du scandale de la salle à manger, ils avaient voulu, encore moitié ivres, et en l'absence de Roger, terroriser ce pauvre Marc, pour la dernière fois.

Puis ils allèrent se coucher, en continuant de rire.

— Cette fois, partons, partons de suite, dit Marc violemment agité, je ne puis plus rester cinq minutes de plus en cet hôtel maudit, refaisons nos malles et partons.

Dolorès regardait avec une émotion croissante et pleine de consternation.

— J'ai épousé un fou, un fou, un fou !... Oh !...

Et elle se jeta sur le lit désespérément, en poussant des gémissements, en pleurant et en se frappant le front comme en une crise nerveuse.

— J'ai épousé un fou ! malheureuse, malheureuse que je suis ! un fou !... un fou !...

Et ses gémissements devenaient plus longs, plus violents, et tandis que Marc se penchait sur elle pour la relever, l'embrasser, elle le repoussait en disant avec une voix coupée par les sanglots :

— Fou! fou ! j'ai épousé un fou !...

Alors, pris par une idée subite, il fouilla nerveusement dans ses poches, et retrouvant la lettre de Roger, la parcourut fiévreusement et la tendit à sa femme.

— Tiens, lis, lis donc, et tu verras si je suis fou, et si je ne suis pas plutôt dupe de ma trop grande délicatesse envers toi. Lis, et tu connaîtras le motif de ma stupide terreur.

Dolorès le regarda avec une certaine crainte, comme si elle eut peur d'une nouvelle crise de son mari, mais devant son insistance pour lui faire lire la lettre qu'elle reconnût être celle reçue à leur arrivée à l'hôtel et qui fut la cause de leur premier nuage, elle la prit, s'approcha de la lumière et la lut avec avidité.

— Eh bien, dit-elle après sa lecture je ne comprends pas.

— Tu ne comprends pas ? Je vais te faire comprendre et te dire tout, tout, car je ne suis ni fou, ni malade, ni maniaque.

Elle le regarda en tenant toujours la lettre dans sa main.

— J'avais une maîtresse, Clorinda, que j'aimais en desœuvré. Elle était avec sa mère, cette horrible mégère que tu as vue et qui n'est pas folle du tout. Ce monstre de mère était intéressée aux relations que j'avais avec sa fille, parce qu'elle en vivait. Ce sont ces horribles femmes qui vivent honteusement du commerce de leurs filles et qui sont dignes d'être massacrées par une foule indignée. Moi, je ne l'ai pas éloignée de mon intimité parce que sa fille tenait à ce qu'elle fut auprès d'elle. Mais cette femme était une terreur ! une épouvantable terreur!

Il s'arrêta un instant pour prendre haleine, puis il continua :

— En quittant sa fille pour toujours, elle perdait en moi une ressource, et c'est pour se venger de cela, ou croyant encore me faire revenir vers sa fille en te délaissant un peu, oh ! la misérable ! quelle a imaginé ce voyage de terreur et d'épouvante, sachant combien je craignais le scandale et combien j'aurais eu la peur immense que tu ne sois au courant de cette relation de garçon.

Dolorès hocha la tête.

— Roger, mon ami, m'a prévenu, comme tu vois, de cette infernale machination et il a fait le sacrifice de suivre ces femmes jusqu'à Venise, ne pouvant plus les retenir à Paris, pour t'éviter les horreurs, les angoisses d'une révélation de ma vie de garçon. Je m'aperçois qu'il n'a pu les éviter ces veritables terreurs qui nous ont assailli depuis notre arrivée, car à peine entrions-nous à l'hôtel, au moment où tu marchais en avant, que je fus retenu par la voix de Roger, voix mystérieuse qui me saisit. Il me dit vivement et comme s'il eût peur d'être surpris, qu'il m'avait écrit une lettre qui se trouvait au bureau de l'hôtel, me mettant au courant d'une sinistre situation mais que je devais prendre garde de ne pas te la faire lire, ou plutôt de ne pas me la faire surprendre par toi, car son contenu t'aurait bouleversée sans doute.

— Ah ! si je l'avais lue, comme toutes ces terreurs et ces larmes auraient été évitées, fit-elle sourdement, car une idée semblait la retenir pendant la confession de son mari.

— Je m'aperçois donc, continua-t-il, que malgré la présence de Roger, elles ont accompli leurs promesses et je sens qu'elles n'ont pas fini...

Dolorès fit un mouvement, comme si elle eût voulu parler.

— Et l'absence de mon ami, en ce moment, et surtout au moment du scandale d'en bas, m'étonne. Je ne sais que penser. Devant, donc, ton épouvantable supposition que tu as épousé un fou, je t'ai dit la vérité en te demandant pardon, en te suppliant de tout oublier, car je t'aime, ma Dolorès, je t'aime, et je me sens malheureux de t'avoir fait pleurer.

Et Marc, achevant sa confession, se jeta aux genoux de sa femme en baissant la tête comme un enfant qui demande pardon.

— Relève toi vite, vite, Marc, car je te pardonne et je t'aime toujours. Pourquoi ne m'as-tu pas raconté cela ? Je comprends toutes ces choses là, je les excuse et ne les regrette même pas, car cela me prouve combien tu es délicat et tendre pour moi.

Puis, avec un air méchant :

— Ah ! cette horrible femme te poursuit et veut t'amoindrir à mes yeux ? Ah ! elle voudrait encore te reconquérir, à mon détriment et au profit de son immonde fille, et du sien surtout ? Ah ! elle a voulu tourmenter notre voyage de noces en le mettant sous le régime de la terreur ? Eh bien, mon cher mari, je le jure, foi d'espagnole, que je lui apprendrai à courir ainsi derrière les hommes sans demander la permission à leurs femmes ; et courir n'est rien, mais les intimider, mais les rendre fous, car tu as failli, mon pauvre Marc, devenir fou devant cette peur de la révélation, bien bête, au fond, va. Mais cela prouve encore combien tu m'aimes.

— Oh ! oui, Dolorès, je t'aime, et de quelle façon !...

— Je te crois, Marc, et je t'aime aussi. Mais va, ne crains rien, c'est moi maintenant qui vais la poursuivre avec ma fureur jusqu'à ce qu'elle regagne, avec sa coureuse de fille, son infâme repaire de Paris, car c'est une femme-brigand, cette monstrueuse caricature ! Tu verras, mon Marc, comment ta femme qui paraissait douce et naïve, se révèle dans des circonstances batailleuses, femme d'action, femme de combat, femme terrible !...

— Que vas-tu faire, grand Dieu ! s'écria Marc, épouvanté de la nouvelle tournure que prenait cette affaire, déjà fort agitée.

— Leur faire payer les deux ou trois heures de martyre que j'ai subi, ce soir, pour elles.

— Mais, comment ?

— Comment ? Lorsqu'elles se présenteront à mes yeux, ou plutôt qu'elles voudront te terroriser, je leur montrerai comment la fille d'un grand d'Espagne, vainqueur dans je ne sais combien de batailles un peu partout, et femme d'un major, écrasé par le nombre, à Cuba, déchiqueté, mais criant toujours : vive l'Espagne ! cette femme, qui est tienne maintenant et qui t'aime, saura mettre en fuite ces ennemies du genre humain!

Puis, subitement :

— Cette jeune caméristе de tout à l'heure, était...

— Clorinda, fit Marc, en baissant la tête.

— Jolie pourtant, et je t'en félicite. Mais c'est la fille de sa mère, et cela me dit tout.

— Tout ! fit Marc transformé.

— Reposons-nous, maintenant, et dors tranquille. Toutes ces émotions m'ont fatiguée, ainsi que le voyage.

— Oh ! oui, reposons-nous, nous en avons joliment besoin, fit Marc en poussant un soupir de satisfaction...

Il eut un poids immense de moins sur l'estomac. Il semblait respirer à l'aise. Il pleurait maintenant de joie, il embrassait sa femme sur les joues, sur la nuque, sur les bras, sur la gorge en s'y arrêtant, en l'embrassant encore plus fort et plus longuement.

Cependant, au milieu de la nuit, il se reveilla deux ou trois fois en sursaut, en songeant aux nouvelles luttes à soutenir encore contre la Ponpon et Clorinda, ou plutôt aux batailles futures de sa femme, la douce mais terrible à la fois Dolorès, contre les autres qui ne désarmeront pas, bien sûr, surtout, la monstrueuse Ponpon qui a toujours eu le dessus dans les diverses discussions qui avaient lieu en famille, en cette famille où il vivait. Cette perspective de vie agitée le rendait encore inquiet, inquiétude nerveuse qui ne paraissait pas s'en aller au milieu de cette première nuit dans la ville de l'amour et des clairs de lune troublants.

VIII

Le lendemain, vers les premières heures de la matinée, l'hôtel de la Lune était gardé, au dehors, par une escouade d'agents de la police secrète, qui gardaient principalement les issues et surveillaient les personnes qui allaient et venaient dans l'hôtel.

Vers huit heures, six agents se présentèrent au bureau et demandèrent les nommés Anna Cocardar, Clorine Cocardar et Ambroise Champolion, arrivés la veille de Paris.

On les pria d'attendre quelques minutes, les personnes demandées seraient appelées à l'instant.

Mais un mouvement se fit parmi le personnel de l'hôtel qui reconnut les agents. Cette descente de police dans un des hôtels les plus cotés de Venise, avait jeté l'effroi, et on se demandait avec la plus vive inquiétude qu'est-ce que cela voulait dire.

Dix minutes après, Mme Ponpon, Clorinda et Champolion descendirent dans le salon de l'hôtel, en toilette du matin, pressés qu'ils étaient de se rendre à une aimable invitation.

Roger avait quitté l'hôtel de très bonne heure, sous le prétexte d'aller visiter la tour Saint-Georges, et comme pour paraître boudeur encore du scandale de la veille, ce qui fit dire à Clorinda, toujours couchée, dès que Roger fut sorti :

— Il a toujours le nez massacreur, ce matin.

— Il finira par renifler la bonne humeur, lui cria sa mère, de sa chambre qui communiquait avec celle de sa fille, et qui était également couchée. D'ailleurs, nous décamperons d'ici, dans la journée, les bonshommes de l'hôtel nous ont fait comprendre, hier soir, que notre présence les estomaquait.

— Oh ! pour ça, je m'en fiche, cria à son tour Clorinda. Nous avons rigolé, hier soir, nous nous sommes payé les têtes de Marcoco et de l'espagnolasse, cela nous a satisfaits, n'est-ce pas mamiche.

— Pour sûr, aussi, pouvons décamper maintenant, c'est pas moi qui laisserai ici un petit morceau de mon foie en souvenir, car je trouve cette ville pas folichonne du tout. Pas moyen de rouler en automobile, c'est dégoûtant.

Clorinda s'esclaffa et cria :

— Oui, on t'en paiera de l'auto, sur la lagune.

Champolion chantonna aussitôt, d'une voix éraillée, du fond de son lit :

Au clair de lune,
Ma belle brune.

Une tape fortement donnée par la Ponpon sur la partie charnue de Champolion, fit encore rire aux éclats Clorinda.

— Ça, c'est tapé ! mamiche, sans clair de lune.

— En pleine lune, fifille.

— Pauvre Ambroise !

— Chut ! fit Mme Ponpon, je crois qu'on s'arrête à notre porte.

— C'est Roro, cria Clorinda. Il retourne au bercail, pauvre chéri.

— Il vient faire son acte de contrition.

On frappa à la porte.

— Entre, va, ne fais pas ta poire. Je te vois à travers les fentes de la muraille.

Le maître d'hôtel entra.

— Tiens! voilà le patron.

— Madame est priée de descendre au salon, avec Madame sa mère et le Monsieur avec.

— On y va, p'tit père, je sais ce que c'est.

— Mais tout de suite, c'est pressé.

— On y va, on y va. On ne voudra pas que nous prenions le chocolat en chemise, il me semble.

— C'est très pressé, vous dis-je.

— Bon, je saute du lit.

Le maître d'hotel sortit.

— Est-il crampon, cet animal-là. Pas de danger qu'il te lâche, ton Roro, fit de sa chambre Madame Ponpon.

— Allons, ouste! maman et père Ambrosius, le choco nous attend. Roger est un chic homme.

— Pour sûr. Son nez se sera retroussé.

Et dans un clin d'œil, Mme Ponpon, Clorinda et Champolion, furent sur pied et en toilette du matin.

Ils sortirent.

En passant devant la chambre de Marc, Clorinda voulut frapper, sans s'y arrêter, mais Champolion, qui tenait à bien déjeuner, la retint par le bras.

— Non, pas de blagues, ce matin, M. Roger casserait tout.

Les deux femmes descendirent en riant, suivies de Champolion qui faisait le nœud de sa cravate en marchant.

Arrivés au salon, un agent de la sûreté s'approcha

du groupe et dit à Mme Ponpon, avec une politesse presque obséquieuse :

— Madame Cocardar, n'est-ce pas?

— Tiens! fit-elle, étonnée, vous me connaissez?

— On désire simplement vous connaître, Madame, ainsi que Mademoiselle votre fille et Monsieur Champolion.

Tous trois se regardèrent.

— Mais qui donc? fit Mme Ponpon, de plus en plus ébaubie.

— Mais Roro, maman, t'as donc pas compris. Une farce, ou une surprise de Roger, voilà tout.

— Pour vous amadouer, terribles femmes, fit Champolion, en clignant de l'œil.

— Laissez-nous faire notre toilette, Monsieur, dit Mme Ponpon; nous sommes trop en négligé.

— Non, Madame, c'est très pressé. Ainsi, vous êtes très bien. Une gondole est là, près de nous, qui vous attend.

— Une gondole? Allons-y donc, fit Champolion.

Ils descendirent sur le quai, suivis par cinq agents qui les entouraient, à petite distance, et sautèrent dans la gondole.

Ces derniers sautèrent prestement à leur tour dans le léger bateau en se mettant aux côtés de nos trois personnages.

— Tiens, qu'est-ce qu'ils ont ceux-là, fit Clorinda en regardant sa mère.

— Ce sont, pour sûr, des chanteurs ou des joueurs

de guitare. Je le sais; tu ne vois donc pas à leur guigne?...

— C'est vrai, reprit Clorinda, tranquillisée.

Puis secouant la tête, gaiement :

— Est-il type, ce Roger.

Quelques minutes après, la gondole s'arrêta.

On sauta à quai. On fit quelques pas, non sans provoquer quelque étonnement chez nos personnages qui commençaient à ne rien comprendre. Puis, ils entrèrent sous une voûte un peu sombre aboutissant dans une cour; ils s'engagèrent dans un long couloir et après quelques détours ils s'arrêtèrent devant une porte.

Ils s'étaient laissés conduire machinalement, poussés par la curiosité, sans s'adresser la parole, ni demander la moindre explication à ceux qui les guidaient et les suivaient.

Ils étaient comme surpris par un événement qui les rendait ahuris. Mais cet ahurissement cessa au moment où ils se trouvèrent dans un bureau, devant un monsieur, à l'air sévère et entouré de quatre autres personnes appartenant à la police.

— Madame Anna Cocardar, fit le chef de la police vénitienne, vous êtes en état d'arrestation, ainsi que la nommée Clorine, votre fille et le nommé Ambroise Champolion.

Tous les trois sursautèrent.

— Et pourquoi, cria Mme Ponpon.

— Parce que vous êtes des anarchistes.

Un gros éclat de rire accueillit ces paroles.

— Oh ! ça c'est rigolo, fit Mme Ponpon en se tenant les côtes.

— Pour sûr que c'est rigolo, ajouta Clorinda, en continuant de rire devant tous ces hommes réunis autour de leur chef, froids, impassibles.

Champolion redevenant subitement sérieux et s'adressant au chef de la police :

— Voyons, voyons, mon cher monsieur, vous faites erreur.

— Mais ne t'excuse donc pas, gros bêta, ne vois-tu pas qu'ils veulent nous jouer une farce. C'est un tour de Roger.

— Ne plaisantons plus, n'est-ce pas, fit le questeur, en fronçant les sourcils. Vous êtes accusés d'anarchisme, votre cynisme même corrobore avec les renseignements que nous avons sur vous. Vous allez nous donner l'emploi de votre temps depuis votre départ de Paris.

— Ah ! ça, mais il parle sérieusement le chef d'orchestre, dit Mme Ponpon en se tournant vers Clorinda et Champolion.

— Vous vous appelez Anna Cocardar, votre âge ?

— Ah ! mais il m'embête, celui-là.

— Répondez, Madame, ou je prendrai à l'instant des mesures qui vous feront changer d'attitude.

— Mon âge ?... trente-neuf ans.

Clorinda pouffa de rire.

Sa mère se retourna et lui dit :

— Bécasse !

— Madame, dites-nous véritablement votre âge ?

— Trente-neuf ans, que je vous dis.

— Et demi, ajouta doucement Champolion.

— Où êtes-vous née?

— A Clichy, près de Paris.

— Votre dernier domicile ?

— Paris.

— Votre demeure ?

— Esplanade des Invalides

— Numéro ?

— 365.

— Comme les jours de l'année, ajouta Clorinda, en riant sous cape.

— Gardes, conduisez la fille Clorine en cellule.

— En cellule, ma fille !

— Ça, jamais ! s'écria celle-ci, en devenant subitement pâle.

— Alors, taisez-vous.

— Vous êtes accusée d'anarchisme, en compagnie de votre fille et du nommé Champolion. Hier soir vous avez commencé à mettre le trouble dans l'excellent hôtel de la Lune. Nos renseignements sont précis. Un homme a failli être tué par vous, une femme a éprouvé une grande commotion par votre contact dangereux, ou plutôt criminel, d'autres personnes, au nombre de onze, ont été secouées, tout un personnel d'hôtel respectable en mouvement et le service, un instant interrompu, a subi de graves préjudices dont vous aurez à rendre compte devant la justice de notre pays, à moins qu'une demande d'extradition soit demandée par le gouvernement du vôtre. Vous voyez, Madame, que notre police, la police vénitienne est admirablement renseignée sur vos faits et gestes.

— Ça, c'est un coup de Marc! s'écria Mme Ponpon, en roulant des yeux furibonds et en se tournant vers Clorinda et Champolion, qui paraissaient indignés.

— Maintenant, je dois encore vous dire, Madame, que d'après mes notes de police, parfaitement au courant de tout ce qui se trame à Venise, vous deviez commettre un crime, un crime abominable.

— Un crime? hurla Mme Ponpon.

— Aujourd'hui même. Vous voyez bien que mes notes sont d'une précision désespérante pour vous et qui vous confondent.

— Mais vous vous fichez de nous, mon bonhomme, ou bien on s'est joliment payé votre tête, et vous avez coupé dans le pont!... Et bien, mon vieux, vous n'êtes pas fort, vous savez.

— Gardes, fouillez cette femme.

— Hein?... s'écria celle-ci.

Deux hommes s'approchèrent de Mme Ponpon. Celle-ci se recula et dit d'un ton menaçant:

— Pas de blagues, hein! je prétends que l'on ne se fiche pas de moi à ce point, sinon je cogne.

Champolion commençait à protester à son tour,

surtout devant la menace de voir fouiller Mme Ponpon; mais il fut saisi par deux hommes et fouillé littéralement.

— Ça, c'est trop fort ! ça c'est trop fort !... disait-il en tremblant de colère pendant que les deux gardes lui enlevaient tout ce qu'il avait dans la poche ; pas le plus petit canif, rien de compromettant, ce qui fit dire au chef de la police :

— Ça doit être un simple indicateur.

Clorinda, voyant que toute résistance était impossible, dit elle-même au chef :

— Voyez, je n'ai rien, ni dans les poches, ni dans rien du tout. Si vous n'êtes pas content avec ça, vous êtes bien difficile.

La chose commençait à devenir sérieuse. Ce n'était pas une farce, mais une véritable accusation. Mme Ponpon en était cramoisie. La colère la suffoquait. Un crime? elle était accusée de vouloir commettre un crime ! Certainement, il y avait ou confusion ou fausse accusation, une fausse accusation de Marc, assurément. Ah ! l'infâme gredin, comme il paiera ça ! Mais elle allait faire éclater son innocence par une attitude de protestation, car elle se savait pure, criait-elle, de toute mauvaise pensée criminelle, contre qui que ce soit, D'ailleurs, elle allait faire appel à Roger qui viendra de suite, bien entendu.

Et au moment où les deux hommes s'approchaient de nouveau d'elle pour la fouiller, car la première tentative avait avorté, elle s'indigna encore plus fortement d'être soumise à une formalité aussi infâmante, elle, une femme honnête ! ! quoique sa fille s'y soit soumise, d'elle-même et par peur, sans doute, et que Champolion n'ait proféré qu'une maigre, bien maigre protestation. Mais elle, ce ne sera pas ça ! elle c'est elle, et les autres sont les autres, voilà ! Elle formulera carrément ses sentiments d'indignation d'honnête femme sur qui il n'y a rien à dire.

— Non, je ne me laisserai pas fouiller, d'autant plus que je n'ai pas mis de corset, ce matin. Vous m'avez pris en traître. Si vous m'aviez dit que c'était pour ça, les choses n'auraient pas marché comme ça. Non, non, je ne me laisserai pas fouiller. Je crêverai plutôt que de me laisser faire.

Mais sur un geste du chef, les deux hommes empoignèrent Mme Ponpon par les bras, tandis que deux autres commençaient à la fouiller.

La scène devint alors presque tragique.

Elle commença par donner une poussée aux deux hommes qui la maintenaient, puis des coups de pied à ceux qui la fouillaient. Elle se débattait avec un tel acharnement qui fit crier Champolion.

— Tas de brigands ! tas de bandits ! quatre hommes contre une femme ! Ah ! si nous étions seul à seul, vous verriez, tas de bandits ! mais lâchez-la donc !...

Puis, à Mme Ponpon :

— Cogne toujours, Réséda, cogne toujours !

Et une mêlée s'en suivit pendant laquelle Clorinda

poussait des cris perçants. Champolion donnait des coups de tête à droite et à gauche, et Mme Ponpon se débattait toujours contre les quatre hommes, qui, après l'avoir fouillée, la maintenaient fortement.

La garde arriva.

On poussa nos trois personnages vers une chambre obscure.

C'était le dépôt, infect, humide, de la paille pourrie par terre et un banc de pierre adossé au mur.

On ferma la porte et on les laissa seuls.

IX

Ils étaient en prison.

En prison! eux qui étaient venus à Venise pour « rigoler et embêter » Marc. Ils avaient un peu réussi, dès le premier jour, mais le lendemain les choses avaient diablement changé.

— En prison! nous sommes en prison! dans les plombs de Venise! ces terribles plombs!! se lamentait Champolion, écrasé dans un coin. Nous sommes au temps des doges, pour sûr, car on ne jette pas les pauvres gens, qui demandent à vivre tranquilles et à rire un brin, dans le fin fond d'une prison, sans un motif grave. C'est terrifiant !

Puis, s'adressant à Mme Ponpon :

— Je n'ai rien compris ; on a parlé d'anarchie, de crime, mais sûrement le chef s'est trompé.

— Comment, trompé ! mais tu en doutes ? cria Mme Ponpon, les bras croisés et verte de colère.

— Non, non reprit vivement Champolion, mais je n'ai rien compris au jargon du chef ; il baragouinait le français. Non, je n'ai rien, rien compris pourquoi on nous a coffrés. Certainement il y a erreur, une erreur formidable.

— Non, il n'y a pas erreur, hurlait encore Mme Ponpon ; on s'est fichu de nous, voilà tout. On nous a joué un tour...

— Un sale tour, interrompit Champolion.

— Et je sais qui, dit-elle, en serrant le poing.

— La scène d'hier soir, a peut-être indisposé ce marmiton de propriétaire de l'hôtel, fit Champolion, et alors, lui, pour se débarrasser de nous, nous a fait coller au bloc.

— C'est pas ça, gros dindon, c'est pas ça ! qu'est-ce que ça pouvait lui faire à lui, à ce gargotier de quatre sous, puisque nous le payions ; un petit potin de plus ou de moins dans son trou d'hôtel, où on fait la noce comme partout ailleurs, ça ne pouvait pas lui porter tort. D'ailleurs les gens ont vu que c'était pour rigoler, et que nous étions un peu paf !

Non, je sais qui a fait le coup, moi. Mais je ne le raterai pas.

Puis se tournant vers Clorinda, qui pleurait, assise sur le banc de pierre, humide et sale :

— Que veux-tu que j'y fasse ? J'ai voulu faire éclater mon innocence, je n'ai pas réussi. Je n'ai pas eu le temps de faire appeler Roger, ou plutôt dès que j'allais le faire appeler pour nous sauver, ces chiens se sont rués sur moi, de la façon la plus ignoble, que vous avez vue.

— Et ils t'ont passé la main partout, ces saligauds ! Ah ! si je les tenais ! s'exclama Champolion, avec colère.

— Va, ne crains rien, ils ne l'emporteront pas en paradis. J'en parlerai au député de notre quartier, que je connais un peu, pour qu'il en parle au gouvernement.

— Oui, une interpellation à la Chambre, sur les procédés de ce pays étranger envers des français. Attends, va, tu vas voir comment je vais les faire saler.

— Ce n'est pas tout, il s'agit de sortir d'ici, c'est la chose la plus pressante pour le moment, le reste viendra après, avec ma petite vengeance personnelle à la clé.

— La mienne aussi, ajouta Champolion, d'un air décidé, menaçant.

Mme Champolion à sa fille :

— Tu ne dis rien, toi, Clorine ?... il faudra faire appeler Roger.

— Ah ! laisse-moi tranquille, toi, fit-elle d'une voix sourde, et pleurant de rage. C'est de ta faute !

— Ma faute ?...

— Oui, fallait pas te débattre, pas gueuler, rien dire de mauvais. On se serait expliqué alors, on aurait vu, et on nous aurait relachés, sans tambour ni trompette. Mais tu as une langue de vipère et méchante comme la gale ; tout ce qui m'arrive, c'est de ta faute.

— Ah ! par exemple, je ne m'attendais pas à t'entendre parler ainsi de ta mère. Tu es une petite chipie, une ingrate, et tu mériterais que je te gifle. Moi une langue de vipère, parce que je voulais faire éclater, oui, éclater mon innocence, et parce que je ne voulus pas me laisser tripatouiller par tous ces porcs-là ! tu crois que tout le monde est comme toi, tu te trompes, ma fille.

— Tu as raison et je t'approuve, dit Champolion.

— Heureusement que tu es là, toi, sinon, ah ! comme les filles mêmes, vos propres filles, vous trahiraient...

— Vous m'ennuyez tous les deux, fit Clorinda, d'une voix sourde, c'est pour vous faire plaisir que je suis venue à Venise, pour sauver la caisse, ou plutôt pour tâcher de la remplir encore, pour vous donner à boustifailler, tous deux, qui n'êtes bons à rien, qu'à gruger, profiter des pauvres filles comme moi.

— Ah! tiens, si je ne me retenais pas, je t'étranglerais, mauvaise graine, vilaine fille de ton père, son portrait craché, cet ivrogne qui ne pouvait que donner toi au monde. Ah! tu reproches à ta pauvre mère le morceau de pain que tu lui donnes par devoir, car c'est ton devoir, tu y es obligée, petit chiffon de fille, sans cœur et sans entrailles; et si je n'étais pas là, comme un bon ange gardien, tu serais bien souvent ramassée dans le ruisseau, petite grêle que tu es, grâce à ta mère, tu es estimée, comme moi.

— Estimée comme toi! Ah! c'est du propre l'estime de la mère Ponpon, une propre de mère qui vit sur le dos de sa fille avec un bonhomme qui ne lui donne pas un rotin et qui mange, boit et dort comme le dernier des poissons.

— Vermine! pourriture! charogne! ah! il faut que je t'étrangle!..

Elle se précipita, en furie, sur sa fille pour la frapper, mais Champolion, s'interposant vivement, reçut sur la tête le coup destiné à Clorinda.

Celle-ci se mit à pousser des cris stridents, pendant que Champolion tenait toujours la mère qui lançait à sa fille des imprécations féroces, des injures les plus basses, les plus ordurières.

La porte s'ouvrit tout à coup et livra passage à quatre hommes qui s'avancèrent vers les prisonniers et leur passèrent les menottes.

Cette fois, Mme Ponpon se laissa faire, épuisée par tant d'efforts et surtout par la colère qui l'étouffait encore, ainsi que Champolion, abruti et chancelant, et Clorinda qui pleurait silencieusement mais laissant échapper des hoquets provoqués par les sanglots.

On les mena de nouveau devant le questeur.

— Pourquoi ces cris, ce tapage, dit-il sévèrement et en regardant fixement Mme Ponpon qui avait le visage congestionné.

— C'est ma fille qui criait.

— Pourquoi?

— Parce que je suis innocente de tout, Monsieur le Commissaire, dit Clorinda en sanglotant et s'avançant un peu vers lui.

— Et, vous, voyons, qu'avez-vous à répondre, dit-il en s'adressant à sa mère.

— Moi? répondit-elle en roulant des yeux furibonds et comme une égarée, que plus tard vous me paierez ça!

— Des menaces?..

Et le Commissaire haussa les épaules avec mépris.

— Vous persistez toujours à nier?

— Nier quoi?

— Que vous êtes anarchistes?

— Il y revient encore, fit-elle en se tournant vers Champolion.

Puis au questeur :

— Mais on s'est fiché de vous Monsieur le Commissaire, en vous disant que nous étions des lanceurs de bombes.

— Je n'ai pas dit que vous étiez des lanceurs de bombes, mais que vous pratiquiez des idées subversives.

— Subversives?.. fit-elle en le regardant d'un air étonné.

— Oui, et que vous étiez à la veille de commettre un crime épouvantable. Nous en avons la preuve; nos renseignements sont exacts.

— Et où les avez-vous pris ces renseignements qui feraient rire les veaux?

— C'est notre affaire. Répondez-donc d'une façon précise et convenable; c'est dans votre intérêt, car la police vénitienne est paternelle, mais sévère pour les mauvais sujets.

— Ah! non, si vous appelez cela, paternel, vous... murmura Champolion.

— Taisez-vous, vous, je vous interrogerai à votre tour, s'il le faut.

Puis, à Mme Ponpon :

— Vous êtes désignée comme la principale coupable...

— Ah! je sais, je sais qui vous l'a dit, j'en suis sûre maintenant.

— Répondez, vous dis-je et vivement, car nous perdons du temps inutilement.

— Eh bien, Monsieur le Commissaire, voulez-vous, pour commencer, faire appeler M. Roger Courtille, qui se trouvait avec nous à l'hôtel de la Lune?

— Un complice? fit vivement le Commissaire.

— Oh ! non, par exemple, pas lui.

— Vous avez donc des complices ?

Mme Ponpon, après une minute de réflexion :

— Oui.

— Enfin ! s'exclama le Commissaire, épanoui, dites, voyons, femme, dites quels sont vos complices ?

— J'en ai deux.

— Deux ?

— Non, Réséda, tu confonds, nous ne sommes pas tes complices, ni ta fille, ni moi, tu le sais bien, s'écria Champolion, étonné et suppliant. Voyons, reviens à toi.

— Laissez parler, vous autres, dit le Commissaire impatient, allons, dites, femme ?

— Deux, et voici les noms.

Un grand mouvement se fit autour de Mme Ponpon.

Champolion la regarda, effaré, tandis que sa fille, haussait les épaules.

— Les noms, insista le Commissaire.

Et Mme Ponpon, dit gravement et lentement :

— Marc Boulloiche et sa femme Dolorès.

— C'est pas vrai ! cria Clorinda, c'est un mensonge ! Monsieur le Commissaire, ne la croyez-pas. C'est une vengeance !

— Malheureuse et stupide fille ! ne vois-tu pas que c'est Marc qui nous a envoyés ici. C'est lui qui nous a dénoncés.

— Il vous a dénoncés, donc vous êtes bien des anarchistes ?

Puis, se tournant vers les agents qui l'entouraient :

— C'est un véritable complot !

Et s'adressant à Mme Ponpon :

— Où demeurent-ils, vos complices ?

— Ils sont descendus comme nous, à l'hôtel de la Lune.

— Quand ?

— Hier soir.

— D'où venaient-ils ?

— Directement de Paris.

— Paris, toujours Paris ! oh ! quel foyer révolutionnaire ! murmura le commissaire.

Puis, reprenant :

— Vous étiez ensemble ?

— Non.

— Expliquez-vous.

— Nous, nous sommes arrivés dans la journée ; eux, dans la soirée.

— Séparés donc.

— Puisque je vous le dis. Et puis, maintenant, je ne dis plus rien. C'est à vous, à vous débrouiller ; vous n'avez qu'à les prendre, ce matin même tout chauds, au saut du lit, comme nous.

Il donna vite des ordres. Quatre hommes se détachèrent du groupe et sortirent.

— Quant à vous, dit-il à Champolion et à Clorinda,

je vous interrogerai tout à l'heure, à la confrontation. Gardes, ramenez les prisonniers.

Et Mme Ponpon, Champolion et Clorinda, les menottes aux poings réintégrèrent la prison.

X

Roger était sorti de bonne heure afin d'éviter la scène de l'arrestation qui allait certainement avoir lieu dans la matinée, ces sortes de lettres anonymes, touchant la politique révolutionnaire, étaient généralement accueillies avec empressement.

Il n'avait plus adressé la parole à Clorinda, ni aux autres en entrant chacun dans sa chambre. Celle de Mme Ponpon et de Champolion était commune, car Roger n'avait pas voulu, en descendant dans le même hôtel que Marc, partager le même appartement de l'ancienne maîtresse de son ami, pour tous les motifs — de conscience surtout — compris et approuvés d'ailleurs par Clorinda, qui, de son côté, soit dans la seule pensée de reconquérir Marc, soit par prudence, d'ailleurs conseillée par Roger, elle voulut avoir l'air d'être libre.

Donc, Roger sortit le matin en faisant bien comprendre aux autres qu'il sortait sans leur donner un bonjour. Les chambres se communiquaient ou plutôt elles étaient voisines les unes des autres. Il tenait à son rôle de boudeur, après l'inconvenance de la veille, et pour bien démontrer aux gens de l'hôtel, qu'il n'était en somme pour rien dans cette extravagante et bien ridicule conduite de la mère Ponpon, et des autres également, car ils avaient coopéré à cet acte fou.

Il les laissa en faisant dire à Clorinda, par la femme de chambre de l'hôtel, qu'il allait faire un tour dans la ville et peut-être bien à l'île de Saint-Georges.

Il était trop tôt pour aller visiter un musée ou des palais historiques et remarquables ; il flana pendant une heure à travers les ruelles de la ville, les *calli* ainsi appelées par les vénitiens ; il se perdit au milieu de tous ces détours, qui finissaient toujours par aboutir à un canal. Il se retrouva cependant dans le quartier de la *Merceria,* longue rue très animée ornée de beaux magasins ; il s'y attarda avec plaisir. Il revint sur ses pas en passant sous la tour de l'Horloge et se retrouva sur la place Saint-Marc inondée de soleil. Il voulut entrer dans la basilique merveilleuse dédiée à Saint-Marc et dont l'aspect, extérieurement, a quelque chose de fantastique, par ses mosaïques, ses dorures, ses marbres, ses bronzes, ses colonnes, et ses bizarreries d'ornementation qui frappe, saisit, éblouit le voyageur. Mais il réserva cette visite, ne devant pas être banale. Il alla jusqu'à la *piazzetta* ; et là, il se mit à contempler la mer et fouilla dans le fond quelque chose d'attrayant où il put aller

Une gondole s'avança vers lui. Il y sauta sans même donner le temps au batelier d'accoster à quai. Il faillit tomber dans l'eau, mais le gondolier le saisit prestement par le bras en disant moitié italien, moitié français :

— Un français ne tombe jamais !

Et cela pour flatter son voyageur.

Roger suivait, debout, la marche de la gondole qui s'avançait lentement, au murmure d'une chanson vénitienne, chantée par le gondolier souriant ; elle s'avançait vers l'île Saint-Georges accompagnée par d'autres gondoles transportant également des voyageurs étrangers, en groupe. Arrivé dans l'île, Roger s'achemina aussitôt vers la tour, autrement dit le Campanile du haut duquel les doges, en des époques troublées, faisaient surveiller les flottes ennemies. Il y monta.

Et de là haut, il contempla le somptueux panorama dans lequel Venise apparaissait comme un décor de théâtre. Ses coupoles, ses campaniles, ses palais, étaient comme plongés dans l'eau, ou plutôt submergeant à la surface ainsi que des épaves d'une ville grandiose que Dieu aurait frappée pour dompter son orgueil, et que le soleil éclairait toujours de ses rayons éblouissants se confondant avec les ors de ses temples et ses monuments pleins de magnificence.

Roger oublia dans cette comtemplation magique, sa stupide histoire du trio Poupon, il lui semblait que ce voyage était purement artistique, idéal, où lui seul jouait le seul rôle de touriste; qu'il avait quitté Paris uniquement dans la pensée de voyager pour sa propre jouissance, toute personnelle, sans autres compagnons que ses illusions d'artiste et d'homme de goût; et aucune pensée, aucun souvenir, ne vinrent le distraire de son extase, de sa contemplation religieuse vers cette magnificence d'en bas, pour rapporter son esprit vers ce groupe grotesque, interlope qu'il traînait derrière lui depuis Paris et pour lequel il avait fui l'hôtel, ce matin même.

Certes, sa lettre anonyme n'avait pas rembruni son visage; il savait qu'une lettre de ce genre, sans signature, accusant faussement quelqu'un, était un acte malhonnête, déloyal, infâme, mais en l'espèce, il croyait avoir fait une œuvre salutaire, pour tout le monde, sans le moindre préjudice pour personne, car dans sa pensée, il était bien arrêté qu'après le départ de Marc et de sa femme, il serait allé délivrer les prisonniers, en prouvant, naturellement, leur innocence. Donc, cette incarcération préventive n'était pour lui, qu'une précaution et il ne considérait pas cet acte comme malsain.

Son excursion donc à travers la ville était sans nuages, sans remords ; il paraissait jouir de cette quiétude qui le laissait enfin seul avec ses propres goûts. Il se réjouissait même d'avoir eu cette bonne idée, au milieu de son dépit, de sa vive contrariété. La mère Ponpon méritait bien une leçon, Clorinda également, car elle aurait dû empêcher son démon de mère de se livrer à une extravagance dans un hôtel aussi bien tenu et en jetant l'effroi chez son ami auquel il avait promis aide et assistance en venant lui-même à Venise. Et ce qui l'avait choqué davantage, c'est qu'on avait profité de son absence pour faire cela.

Il en avait été furieux.

Il laissera donc dormir tranquille Marc et sa nouvelle épouse, et dans la journée il se présentera à eux pour les engager à aller vivre ailleurs avec plus de liberté, passer ces quelques beaux jours de vacances conjugales au milieu d'une atmosphère uniquement imprégnée d'amour et sans un atome d'air vicié par les microbes de la maison Ponpon.

Et le lendemain, il s'en alla seul, à travers la ville, avec l'esprit plus calme, la conscience plus tranquille et l'allure plus dégagée. Il aura le temps, se dit-il, d'aller serrer la main à son ami Marc et présenter ses respectueux hommages à sa femme, pendant que la police italienne tiendra en respect le dangereux trio.

Et il voulut ainsi oublier cet épisode pour ne voir du haut de ce campanile historique, Venise la *bella*, la Venise des rêves et des chansons d'amour. Et il donna raison aux poètes, car son extase dura une heure !

Il descendit de la tour pour reprendre la gondole qui le conduisit à la *Salute*, attiré par la coupole de l'église qui se trouve à la pointe du grand canal, l'église de Notre-Dame du Salut, qui est un des plus anciens et plus remarquables temples de Venise. Après l'avoir visitée, la gondole le débarqua devant le palais Royal, tout enchanté, transformé même, lui que la maussaderie de son esprit ne l'avait pas quitté depuis Paris, ou plutôt que la colère et l'inquiétude avaient présidé son réveil du matin.

Avant de rentrer à l'hôtel, il fit le tour de la place Saint-Marc, en flânant, s'arrêtant, devant les magasins richement achalandés qui se trouvent sous les arcades de la place, tout comme au Palais-Royal, à Paris, puis revenant au milieu de cette place si belle, si attrayante par les splendides monuments qui l'entourent, il alla voir manger les pigeons — les légendaires pigeons — qui s'abattaient en masse sur le sol ou se posaient gentiment sur les épaules des passants qui les appelaient en leur tendant, sur la main, de la mie de pain ou des morceaux de brioches. Il s'attarda à ce spectacle charmant, qu'il quitta ensuite avec regret pour s'acheminer vers l'hôtel.

Oui, à l'hôtel, dit-il, pour faire son devoir, car c'était un devoir pour lui de délivrer ce pauvre Marc des griffes de cette monstrueuse Ponpon.

Et à cette pensée subite du devoir, il se dirigea vers l'hôtel de la Lune, en pressant le pas, ayant pensé que l'heure était propice, les autres, ses encombrants et misérables compagnons de voyage, devant se trouver, à cette heure-là, à l'ombre, placés sous l'œil vigilant et terrible même de la police vénitienne, pendant que Marc et sa femme ayant fait sans doute la grasse matinée, devaient se lever à peine.

Il était onze heures. Diable ! il s'était bien attardé ailleurs, trop même. Bien des choses ont dû se passer assurément depuis le matin de bonne heure.

Onze heures ! il pressa davantage le pas.

A son arrivée à l'hôtel, il demanda aussitôt M. Marc Boulloiche, sans se soucier des trois autres personnages avec lesquels il était arrivé et avait dîné la veille, Marc Boulloiche qui était tombé à la renverse à la vue de l'une de ses compagnes de voyage; il demanda ce Monsieur sans penser à l'effet que pouvait produire cette demande à la dame du bureau de l'hôtel.

— M. Marc Boulloiche ? fit celle-ci avec un certain effroi.

— Oui, et avec sa dame, fit Roger, étonné de son mouvement.

— Mais ils sont allés rejoindre les autres.

— Comment, les autres ?

— Vos amis.

— Expliquez-vous, je vous prie.

— Ah ! vous ne savez pas ?...

Et devant l'expression inquiète de Roger qui avait

été considéré comme le Monsieur distingué de la bande excentrique des voyageurs parisiens, la dame du bureau lui raconta la scène de l'arrestation de la famille Ponpon.

— Ah ! fit-il, paraissant profondément surpris, mais qu'avaient-ils donc fait ?

La dame du bureau le regarda, étonnée de son ignorance de l'événement, puis, avec une mine significative :

— Mais vous devez le savoir...

— Moi ?... je ne sais rien.

— Il est vrai que vous êtes sorti de très bon matin...

— C'est cela.

— Eh bien, il paraît que c'étaient de grands *birboni*.

Roger la regarda, comme s'il ne comprenait pas.

— Des gens capables de tout, poursuivit-elle.

— Ah ! bah !...

— Et vous-même vous l'avez échappé belle, car vous êtes arrivé ensemble, je crois.

— Oui, des rencontres de route.

— Je l'ai bien pensé, et les autres de l'hôtel aussi, car vous paraissez être un Monsieur bien élevé, un *signore*.

— Tandis que les autres ?

— Oh ! ceux-là...

— Vous n'avez plus eu de nouvelles d'eux, depuis ce matin ?

Puis, aussitôt repris de son inquiétude devant l'absence des nouvelles de Marc :

— Monsieur Marc Bouilloiche et sa dame sont sortis, sans doute.

— Sortis ? ... Oh ! Monsieur, sortis, oui, et en bonne compagnie.

— Comment ? fit-il d'un air réellement étonné.

— Les mêmes agents de la questure qui étaient venus ce matin de bonne heure, chercher les trois voyageurs du premier étage, sont revenus, deux ou trois heures après, prendre le Monsieur et la dame qui logent à côté d'eux, au numéro 17.

— Mais, est-ce bien Monsieur et Madame Boulloiche de qui vous parlez ?.... dit-il en sursautant et en s'approchant de la dame pour bien la comprendre.

— Oui, oui.

Et se levant, elle désigna du doigt, le numéro 17 du tableau des voyageurs, portant les noms de Monsieur et Madame Boulloiche.

— Vous voyez, c'est bien le numéro 17.

Roger regardant et s'écriant :

— C'est vrai. Sacredieu ! mais pourquoi les a-t-on arrêtés ?

— Est-ce que je sais, moi. Les autres j'ai bien compris pourquoi, mais ces deux derniers...

Et elle se mit à sourire en hochant la tête.

— A quelle heure ont-ils quitté l'hôtel ?

— Il y a une heure.

— Où sont-ils allés ?

— A la questure, naturellement.

— Sapristi ! sapristi !

Et Roger quitta l'hôtel bouleversé.

XI

Dolorès s'était réveillée de bonne heure.

Marc dormait encore ou plutôt, il s'était rendormi, fatigué de son insomnie de la nuit. Sa femme le toucha légèrement sur l'épaule, mais ne le voyant pas ouvrir les yeux, elle l'embrassa sur la tête assez fortement.

Marc se réveilla.

On causa de choses et autres pendant une heure, de la Normandie, de Paris, du voyage, et presque pas de Venise, voulant l'un et l'autre, éviter de revenir sur les événements de la veille.

On se leva. Et après leur toilette commodément faite, on s'apprêtait à descendre dans la salle à manger pour le premier déjeuner du matin, lorsque Marc se ravisa et dit d'un air enjoué :

— Mais, si nous déjeunions ici, dans notre chambre, nous serions plus à l'aise, et tout à fait entre nous.

Et elle, comprenant sa pensée et le regardant fixement.

— Que crains-tu donc ?... Non, mon ami, non, descendons dans la salle à manger. Nous déjeunerons aussi bien à l'aise, là, car je t'assure que nous ne serons pas dérangés.

Lui, comprenant qu'elle avait été perspicace :

— Oh ! non, chérie, tu as mal interprété ma pensée; tu confonds assurément, je n'ai pas peur. D'ailleurs, tu sais tout ; pourrait-elle venir, maintenant, que tu me verrais très à l'aise. Sois sans nulle crainte.

— Je voudrais bien que ce monstre vienne nous déranger, alors tu verrais quelle femme tu as épousée. Tu verrais, mon chéri. Je souhaite même que la mère et la fille se trouvent en face de nous, je te promets un beau spectacle. Allons, descendons, mon ami.

Marc répondit vaillamment :

— Descendons.

Mais une nouvelle crainte venait de l'envahir. Si la Ponpon allait se livrer de nouveau à une inconvenante démonstration de son ignoble caractère, il serait parfaitement navré de voir sa femme répondre à une si épouvantable créature. Une mêlée pourrait s'en suivre. Un pugilat entre sa femme et la Ponpon ! Horreur ! épouvantable scène où la honte montait déjà à son visage. Quelle compromission ! sa femme, la plus distinguée d'entre toutes les femmes, délicate, sensible, bonne, vertueuse, aller se crêper le chignon avec l'ignoble mégère qui était la cause de sa terreur, l'objet de ses cauchemars, l'épouvantail de sa vie présente, elle qui devrait être la plus idéale de toutes. Horreur ! cent fois horreur !

Et Roger qui n'a plus donné signe de vie !

Qu'était-il devenu ? Pourquoi cette disparition mystérieuse, incompréhensible, dans un moment si critique? Il pourrait bien se présenter maintenant que sa femme savait tout. Il serait le bienvenu, le sauveur, le véritable ami, et sa présence même, avec eux, confondrait les autres, les intimiderait, les ferait taire pour toujours.

Mais pourquoi a-t-il disparu ?

Que se passe-t-il, mon Dieu !

Et pendant que toutes ces idées noires, tourmentaient, agitaient même subitement son esprit, il répéta cependant sur un ton décidé, d'une énergie feinte :

— Descendons, oui, descendons, ma chère, allons déjeuner. J'ai faim. Le repos de cette nuit m'a totalement creusé !

Creusé ! mon pauvre Marc ! oui, creusé totalement le cerveau au point d'en avoir l'insomnie.

Et tandis qu'ils descendaient le large escalier de l'hôtel, lui, le bras passé dans celui de sa femme, et elle, les yeux fureteurs comme si elle cherchait quelqu'un, le directeur de l'hôtel qui montait, les arrêta du geste :

— On désire vous voir au salon.

— Ah ! s'exclama vivement Marc, c'est Roger.

— Votre ami ?

— Oui, descendons vite.

— C'est charmant d'être venu, fit-elle en souriant.

— Je le savais, dit-il en lâchant le bras de sa femme et descendant vivement l'escalier, pendant que le directeur de l'hôtel se tenait aux côtés de Dolorès, qui suivit son mari.

Ils entrèrent dans le salon. Deux hommes s'y trouvaient.

— C'est vous, Monsieur Marc Boulloiche, fit l'un d'eux.

— Oui, répondit celui-ci, surpris.

— Et vous, Madame Dolorès Boulloiche, sa femme ?

— Mais certainement.

Et Marc et Dolorès se regardaient.

— Veuillez nous suivre tous deux.

— Vous suivre, fit Marc, interloqué.

— Vivement, parce qu'on désire vous voir tout de suite.

— On désire nous voir, qui ?

— Vous le verrez vous-même.

— Avec ma femme ?

— Oui.

— Mais dites-nous le nom de la personne, c'est bien simple.

— Inutile, interrompit brusquement l'un des deux

hommes qui était, le lecteur l'aura reconnu, le même agent de la questure qui avait arrêté, trois heures auparavant, la famille Ponpon.

— Ah! je comprends, s'écria Marc en se frappant le front, et en se retournant vers sa femme. C'est Roger!

— Mais pourquoi ce mystère, répondit-elle, surprise.

— Tu sais, à cause sans doute des autres, fit Marc en souriant.

— C'est étrange. Enfin, allons, fit-elle, soumise.

— Allons, Messieurs, dit-il d'un ton réjoui.

Ils sortirent escortés des deux hommes qui furent aussitôt rejoints par quatre autres qui se tenaient à la porte de l'hôtel.

Ils suivirent le même trajet que la famille Ponpon, mais à la vue des quatre hommes nouveaux qui sautèrent subitement dans la gondole, Dolorès jeta un petit cri de frayeur.

— Ce n'est rien, Madame, dit le chef d'escorte, ce sont mes hommes.

— Vos hommes, comment?

— Vous le saurez, Monsieur, dans quelques minutes, quelques petites minutes.

— Pourtant, vous pourriez bien nous dire qu'est-ce que cela signifie? Nous croyons bien que c'est notre ami M. Roger Courtille qui nous demande, c'est bien lui, n'est-ce pas?

Le chef ne répondit pas.

Dolorès se cramponna au bras de son mari, émue.

— J'ai peur. Cette fois j'ai peur, dit-elle d'une voix basse, tremblante.

— Mais ne crains donc rien, ma chérie. C'est assurément une précaution, précaution ridicule, certes, de Roger ; avec les autres, on ne sait jamais, il a eu peur à son tour, et pour mieux assurer notre marche il nous a flanqué six hommes, une véritable escouade ; c'est ridicule, te dis-je, mais c'est pour mieux nous protéger. Quelle peine inutile, mon Dieu ! quelle peine inutile.

— Ils ont un air sinistre, ces gens.

— Oh ! ça, c'est vrai ! Mais que veux-tu, ce sont des gens du pays. Les vénitiens ont un type à part, paraît-il, et ma foi ! c'est bien vrai.

Après un léger silence :

— D'ailleurs, tu vois, il y a du monde sur les rives. Sur les ponts, il y passe bien des gens qui se préoccupent peu de nous.

— On nous regarde bien pourtant. Vois, comme on s'arrête pour nous voir passer. Tout cela est drôle.

— En effet... mais tout cela n'est pas sérieux, je t'assure.

Puis, haussant légèrement les épaules :

— A l'hôtel on connaît, bien sûr, ces hommes.

Et devant le silence inquiet de sa femme !

— C'est une folie ! c'est Roger : Il a eu peur, voilà tout. Ah ! je lui en dirai des belles, le poltron !

Et voyant qu'elle ne répondait pas et qu'elle se pressait davantage contre lui, avec un léger tremblement dans tous ses membres :

— Mais qu'as-tu ?... pourquoi trembler ainsi, c'est un enfantillage. Voyons, Dolorès, ne sois donc pas si peureuse que cela ?

Puis, en riant :

— Comment, toi, une vaillante espagnole...

Elle se mit à sourire, légèrement, mais ne changeant pas d'attitude.

— La gondole t'indisposerait, par hasard? la mer est belle et la barque file doucement.

— Non, répondit-elle à voix basse, mais je voudrais bien vite arriver...

Marc s'adressant aussitôt au chef du groupe :

— Sommes-nous arrivés ?

— Dans une minute, répondit-il, sur un ton bref.

— Sommes-nous encore loin ?

— Là, derrière cette maison.

— Enfin !

Puis, en serrant le bras de sa femme qui ne parlait plus, il murmura :

— C'est drôle ! c'est drôle !

Il commençait à douter de l'appel de Roger. Tous ces hommes ne lui disaient rien qui vaille. Si, lui, avait été à la place de Roger, il aurait écrit un mot sur une carte. Mais, rien !... A-t-il été assez bête de suivre ces hommes ?... Quel imbécile ! Il aurait dû exiger des renseignements précis ! On ne s'embarque pas avec une bande d'hommes inconnus, dans un pays étranger, quoique pays civilisé et couru par le monde entier, sans connaître au moins le but de l'aventure, si toutefois c'est une aventure...

Et réfléchissant toujours :

— Aventure de quoi ?... Mon Dieu ! que c'est bête !... Enfin, on verra. Mais tout cela est bien drôle, très drôle, sans compter que Dolorès se trouve très inquiète... Elle est pourtant avec moi. Mais les femmes, c'est sensible ! Elle a peut-être raison.

Et il répéta encore :

— Mon Dieu ! que c'est bête ! mon Dieu ! que c'est bête !

Et au milieu de toutes ces réflexions qu'il faisait en lui-même, pendant que sa femme se peletonnait toujours contre lui, la barque s'arrêta.

— Ah ! enfin, arrivés sans doute, s'écria-t-il.

— Oui, Monsieur.

Trois hommes de la police sautèrent à terre, et les autres restèrent derrière Marc et sa femme.

— A vous, Monsieur, dit le chef, en lui tendant la main.

— Non, ma femme avant.

— Non, non, voyons, dépêchez-vous !

— C'est drôle, sacrebleu !

Et comme poussé machinalement, il sauta à terre, en regardant en arrière.

Dolorès les suivit, et ce fut le chef qui lui prit la

main pour la faire sortir du bateau, devant un léger mouvement d'impatience de Marc.

Enfin, le groupe se mit en marche. Et après les mêmes détours suivis par nos personnages du matin, détours qui firent tressaillir Marc et surtout sa femme qui lui serrait le bras en marchant, il s'arrêta devant la porte du questeur.

Pas une parole ne sortit des lèvres de Marc et de Dolorès, pendant cette marche à travers les couloirs de la questure, mais un tremblement nerveux les avait saisi tous deux.

Où les menait-on ?

Qu'est-ce que cela signifiait ?

Seraient-ils tombés dans un traquenard ? ou entre les mains de brigands italiens, les fameux brigands ?

Ah ! mon Dieu !...

Et au milieu de cette agitation mentale, la porte s'ouvrit.

Ils entrèrent dans le cabinet du questeur de Venise.

XII

Ils restèrent saisis.

A la vue de tous ces hommes réunis autour d'un chef au regard inquisiteur, leurs jambes tremblèrent si violemment qu'ils s'appuyèrent l'un contre l'autre pour ne pas tomber.

Le questeur les fixa un instant, puis d'une voix sèche :

— Vous vous appelez Marc Boulloiche ?...

Et devant son silence, car Marc ne peut répondre immédiatement, retenu par une émotion indicible :

— Voyons, répondez.

— Oui, articula-t-il, en regardant sa femme.

— Et vous, Madame ?...

Dolorès surmontant aussitôt son émotion devant celle de son mari qui était navrante et faisait peine à voir, répondit d'une voix presque ferme :

— Madame Boulloiche, sa femme.

Marc réagissant à son tour :

— Mais pourquoi cet interrogatoire ?...

Le questeur l'interrompit vivement :

— Cela est mon affaire, répondez à mes questions.

— Je ne répondrai que lorsque je saurai pourquoi on m'interroge, dit-il assez crânement, reprenant sa présence d'esprit devant cette réunion d'hommes et de ce chef à voix dure, qui ne leur apparaissaient plus comme des brigands, mais bien des hommes d'ordre administratif, clairement reconnus pour hommes de police.

— Je suis de l'avis de mon mari, dit à son tour Dolorès, réconfortée par la nouvelle attitude de Marc et qui, comme lui, comprit aussitôt qu'elle se trouvait en présence d'un commissaire.

— Eh bien, je vais vous le dire. Vous avez été arrêtés !...

A ces mots, Marc fit un mouvement de stupeur et Dolorès serra nerveusement le bras de son mari en relevant la tête et en s'écriant tous deux :

— Arrêtés !

— Arrêtés pour complicité dans un complot subversif, criminel, complot dont nous avons su déjouer les trames.

— Un complot contre qui? demanda Marc de plus en plus stupéfait.

— Contre qui ?... vous me demandez contre qui, fit le commissaire en hochant la tête.

— Certainement. Dites.

— Contre la sûreté de l'Etat, répondit le chef de la police, avec une voix caverneuse.

Le deux nouveaux mariés se regardèrent, ébahis, ne sachant s'il fallait prendre au sérieux ou gaiement cette accusation aussi phénoménale.

Marc allait répondre, lorsque Dolorès l'arrêta de la main, et s'avançant gracieusement vers le questeur, lui dit d'une voix douce, charmante :

— Monsieur, je ne sais qui vous êtes, mais je veux bien savoir, admettre certainement, que vous êtes un homme intelligent. Eh bien, permettez-moi de vous dire qu'en ce moment vous êtes, ou le jouet d'un rêve, ou le jouet d'un plaisant.

— Madame, je suis le questeur de Venise.

— Ah ! s'exclamèrent à la fois les deux prisonniers.

— Et le questeur de Venise n'est jamais dans les

nuages ou le jouet de n'importe qui, sachez-le bien.

— Nous voulons bien le croire, jusqu'à preuve du contraire, dit Marc très rassuré maintenant sur l'issue de cette arrestation parfaitement ridicule, pensa-t-il.

— Notre police est tellement bien faite, que nul n'a le droit de la suspecter.

Tous les hommes qui entouraient leur chef, firent un mouvement d'approbation.

— Le questeur de Venise ne se trompe jamais et il n'est jamais trompé ; c'est entendu, n'est-ce pas, ajouta-t-il sur un ton autoritaire et bref.

— Pourtant, Monsieur, on n'arrête pas les gens, comme cela, à la légère.

— Madame, modérez vos expressions. Nous n'arrêtons jamais, jamais, les gens, et surtout des étrangers, sans être sûrs de ce que nous faisons. C'est notre système ; et c'est ainsi que nous nous concilions la sympathie des gouvernements étrangers et des populations honnêtes, en nous montrant si vigilant, si prévoyant, si énergique. Voilà ce qu'est la police de Venise.

— Mais enfin, Monsieur, dit Marc, expliquez-nous clairement le véritable motif de notre arrestation aussi arbitraire qu'incompréhensible ?...

Le questeur, après un léger silence, et comme s'il voulait les confondre :

— Vous avez des complices. Nous le savons.

— Complices de quoi ? fit Marc en criant un peu.

— Vous avez des complices ou plutôt vous êtes des complices, vous dis-je, répéta le questeur en criant à son tour. Nous avons leurs noms, nous avons... autres choses sous clé.

Et disant, il frappa la table avec le poing, et fixa Marc et Dolorès.

— Leurs noms ?... mais dites-les.

— Nous avons autres choses, je vous le répète, autres choses en réserve qui pourront vous confondre, vous faire trembler, vous accabler, poursuit le questeur en s'animant.

— Nous ?...

— Vous, oui, vous qui jouez la comédie et qui voulez m'intimider.

Et haussant les épaules :

— M'intimider, moi le questeur !...

Puis, brusquement :

— Vous êtes des malfaiteurs !

— Monsieur, cria Dolorès, je suis fille d'un grand d'Espagne...

Un éclat de rire des agents réunis accueillit ces paroles.

— Oui, fille d'un grand d'Espagne, espèce de mal élevés, s'écria-t-elle en se tournant vers les agents, amusés, et, femme d'un major espagnol !

Nouvelle explosion de rire du côté des agents.

— Silence, vous autres, fit le questeur, en les regardant sévèrement.

Puis, à Mme Boulloiche d'une voix victorieuse :

— Donc, vous avez menti, tout à l'heure.

— Menti, moi?

— Grandement menti. Vous n'êtes donc pas Mme Boulloiche...

— Monsieur, c'est ma femme, c'est Mme Boulloiche elle-même, interrompit Marc, outré de ce démenti.

— Monsieur, je suis bien sa femme, cria à son tour Dolorès.

Et le questeur souriant sardoniquement :

— Monsieur est donc major espagnol.

— Je suis Boulloiche, Monsieur.

— Boulloiche, quoi!...

— Boulloiche, tout court, avec des rentes par dessus le marché, des rentes françaises, monsieur.

— Et le major, où est-il, dit le questeur en regardant ses agents qui prenaient des airs humoristiques.

— Le major?... fit Marc, mystifié.

— Oui, ce major espagnol dont la femme est votre femme.

— Monsieur le commissaire, ne plaisantez pas, dit Dolorès, les dents serrées.

— Mais où est le major? insista le questeur, goguenard.

— Il est mort! dit Dolorès d'une voix sourde et pleine de colère.

— *Morto!* firent en chœur et en italien, les agents de la questure.

— Voyons, Madame, assez de plaisanterie, dit le questeur, redevenant sérieux. Donc, vous persistez à vous dire Madame Boulloiche ?...

— Comment, elle persiste... fit Marc en se croisant les bras avec colère, mais elle est ma femme, tonnerre de bon Dieu ! ma femme à moi, et pas la vôtre, c'est très clair, cela, et pas besoin d'interprète pour mieux vous faire comprendre.

— Oui, oui, oui, cria-t-elle à son tour, suffoquée.

Et le questeur la regardant fixement :

— Mais pourquoi disiez-vous tout à l'heure que vous êtes femme d'un major espagnol ?

— Encore ?... fit Marc en se croisant de nouveau les bras avec impatience et en regardant sa femme qui avait les mains crispées et le visage en feu.

Et, se tournant vers le questeur.

— Mais puisqu'elle était veuve et que je l'ai épousée ensuite, moi, Marc Boulloiche, rentier, propriétaire et parfait honnête homme.

— Expliquez-vous donc.

— Mais il me semble que la chose est assez claire à comprendre.

— Et lorsque je vous disais que j'étais fille d'un grand d'Espagne...

— Vous y revenez ?.. fit le questeur en fronçant les sourcils.

Mais elle continua :

— Et femme d'un major...

— *Basta !* Madame, *basta !* fit-il impatienté.

— Elle est maintenant ma femme, dit Marc en appuyant fortement sur les mots.

— Mais voyons, *per Bacco !* de qui êtes-vous la femme, du major ou de Boulloiche; je commence à m'impatienter, à la fin.

— Et nous donc : dit Mars en soufflant.

— Je vous disais, Monsieur, dit Dolorès d'une voix qu'elle voulait rendre calme, que nous ne sommes pas des malfaiteurs et que dans notre famille, il n'y a jamais eu que des hommes d'épée et des hommes d'honneur.

Le questeur leva légèrement les épaules.

— Ne faites pas l'incrédule, Monsieur, ajouta-t-elle fermement, nous ne faisons pas partie de sociétés secrètes, ni n'avons pas d'idées révolutionnaires.

— Nous sommes des nouveaux mariés, et faisons notre voyage de noces.

Puis, entre ses dents :

— Et avons malheureusement choisi votre ville pour nous amuser. Ah ! propre idée !...

— D'où venez-vous, dit le questeur brusquement, comme s'il comprenait que les deux inculpés se moquaient de lui.

— De Paris, parbleu !

— Oui, je sais, de Paris, toujours de Paris. Je le sais, je le sais.

Et il mordilla sa moustache en secouant la tête.

Poursuivant son interrogatoire sur le même ton :

— Qu'y faisiez vous ?

— Rien, Monsieur, fit Dolorès sèchement.

— Ah ! rien ?...

— Absolument rien, Monsieur le commissaire, dit à son tour Marc, qui devenait hardi.

— Mon mari est propriétaire et moi rentière.

— Deux seigneurs, quoi, fit le questeur ironiquement.

— Non, Monsieur, deux braves gens et très indépendants, répondit-elle.

— Etes-vous arrivés seuls à Venise ?

— Seuls.

— Quand ?

— Hier soir.

— Personne ne vous attendait ?

— Où donc ?

— A Venise.

— Personne,

— Vous ne connaissiez donc personne, ici ?

— A Venise ?

— Oui.

— Personne, je vous le répète, puisque nous y sommes venus en voyage de noces, sans autres connaissances que nous-mêmes.

— Expliquez-vous ?

— Comment ?

— Pourquoi vous n'y connaissiez que vous-mêmes ?

— Parbleu ! c'est bien facile à comprendre. Nous n'y connaissions que nous-mêmes parce que nous n'y connaissions âme qui vive.

Le questeur ricana.

— Toujours les mêmes, ces matamores de l'anarchie !

— De l'anarchie ! s'exclamèrent les deux époux.

— Oui, beaucoup de fanfaronnades, de l'esprit et de l'ardeur dans la conversation. Mais, nous, de la police vénitienne, connaissons toutes vos ficelles, tous vos trucs, comme on dit à Paris, car je suis allé à Paris, moi, et je connais toutes vos expressions, comme je connais toutes vos trames, vos complots, vos conspirations. Ah ! vous aviez cru, en mettant le pied sur les lagunes, vous souriez malignement, parce que je dis : « le pied sur les lagunes ? » Oui, je le répète, en mettant le pied sur les lagunes vénitiennes, vous autres, les ennemis de la société, on a aussitôt les pieds humides, car chez nous « qui touche mouille » — Ah ! vous ne vous attendiez pas à cette expression encore parisienne, eh bien, je la sais, moi et vous dis que quand on veut toucher Venise, on est noyé ; voilà.

— Noyé ! firent épouvantés Marc et Dolorès.

— Cela vous effraie ? *per bacco*, je le sais. On n'est courageux, on ne fait les courageux, dis-je mieux, qu'avec les timides, mais avec nous, avec moi, on est écrasé, noyé, perdu !

— Monsieur, je persiste à dire que vous vous trompez, dit Dolorès; que nous sommes d'honnêtes gens, et que nous ne faisons pas partie d'aucune bande de malfaiteurs.

— D'aucune ? fit le questeur avec un sourire méphistophélique.

— Je le jure !

— Nous le jurons !

— Ah ! vous le jurez. Eh bien, mes petits agneaux, je vais vous confondre « dans les grands prix » Voilà une autre expression parisienne que je connais encore, je connais tout, moi, et qui va vous faire passer un mauvais quart d'heure.

— Nous confondre ? nous ?...

— Tout à l'heure.

— Pourquoi pas tout de suite, fit Marc d'un air de défi.

Le questeur, haussant les épaules :

— Ah ! vous ne connaissez personne ?... Ah ! vous ne faites pas partie d'une bande de révolutionnaires, ah ! vous vous dites fille de grand d'Espagne, femme de major espagnol et femme aussi de propriétaire, de rentier, et vous êtes tous deux en voyage de noces, eh bien, attendez, je vais vous l'agrémenter, votre voyage, attendez.

Et le questeur donna, tout bas, un ordre à un agent qui disparut aussitôt.

Puis, s'adressant à Marc et à Dolorès, et d'une

voix formidable en roulant ses yeux en boule de loto :

— Vous êtes deux grands *birboni!...*

XIII

Et pendant cinq minutes, un silence se fit dans ce cabinet où, depuis le matin, retentissaient des éclats de voix, où des scènes bruyantes avaient changé sa physionomie ordinaire, car un cabinet de questeur n'est pas, à proprement parler, un banal bureau de commissaire de police ouvert à tous mécréants et dans lequel on peut discuter sur tous les tons. Dans le cabinet d'un questeur, on pense, on combine, on organise, et le questeur lui-même est un personnage d'importance au débit lent, à la parole mesurée, à la physionomie calme, mais aux décisions fermes, solides et sans tergiversations.

Pendant ces cinq minutes, Marc et Dolorès avaient été priés de s'asseoir, pendant que le questeur, resté debout, consultait un dossier avec un air du plus grand intérêt, comme pour s'occuper pendant cette attente, et scrutait sous des dehors indifférents l'attitude des inculpés.

Et il attendait avec confiance l'arrivée des autres qui devaient confondre ce rentier et cette fille de grand d'Espagne qui le faisaient « à la pose », ainsi pensait-il en français, ce brave questeur qui avait foulé de ses pieds les boulevards parisiens, alors que, simple inspecteur, il courait les capitales en mission confidentielle ou à la recherche d'un escroc de haute marque ou suivant la piste d'un homme politique dangereux pour son pays.

Les autres agents qui entouraient leur chef, demeuraient impassibles, les bras ballants, derrière le bureau comme pour être prêts à toute réquisition ou surveiller les faits et gestes des inculpés, ou pour dire mieux, protéger la personne de leur chef en cas d'une attaque subite, d'un attentat, car la journée devait amener de grandes révélations et devant faire découvrir un vaste complot contre la sûreté de l'Etat, contre la société, contre les particuliers, et peut-être encore contre les monuments historiques de Venise, ce qui indignait d'avance et comblait d'horreur, ces braves gens de la police, patriotes à l'excès et serviteurs sûrs et à poigne.

L'affaire paraissait prendre de grandes proportions.

Chacun des agents veillait et chacun se disait que le moment serait propice pour se distinguer.

Les prisonniers n'avaient qu'à bien se tenir !

Aussi Marc et Dolorès, comme saisis de torpeur, restèrent cloués sur leurs chaises, silencieux, le regard figé à terre, comme hébétés, n'échangeant plus un regard, tellement ils étaient absorbés, l'un et l'autre, par d'effroyables pensées.

Elle pensait :

Quelle affreuse malchance depuis son arrivée à Venise. Pas un instant de joie, de tranquillité, d'intimité réelle ; serait-ce le prélude d'un avenir effroyable, horriblement agité?... Sans doute ! car il n'est pas dans les règles de la nature, qu'au début d'une union de cœurs, d'un mariage sérieux où l'amour avait été le principal guide, il n'était pas de règle, se disait-elle, de subir, d'endurer atrocement, une torture pareille, sans motif pour elle, elle, la plus innocente des femmes. Serait-ce l'âme de son premier mari, mort si glorieusement, qui la poursuivrait ? Pourtant elle lui avait été passablement fidèle pour qu'il la laissât un peu jouir de son nouvel amour !... A moins qu'il se fut aperçu de certaines coquetteries qui lui eût porté ombrage !... Mais enfin, c'étaient des peccadilles qui ne valaient franchement pas la peine de faire sortir son âme du Paradis où il se trouvait, pour la tourmenter, la faire souffrir ainsi.

Pauvre d'elle !...

Et elle se trouvait dans un bureau de police !

Pourquoi ? pourquoi, mon Dieu !

Serait-il vrai ?... Marc serait-il un révolutionnaire,

un malfaiteur?... lui, un malfaiteur... oh ! Un homme de sac et de corde ?...

Dieu ! quelle horreur !

Pourtant, il lui paraissait bon ! tendre, simple, trop simple même.

Et ces complices !... quels sont ces complices ?... Allait-elle se trouver réellement devant des complices de son mari ? La police est si bien faite, si bien organisée.. si c'était vrai ?.. si ces complices étaient pour tout de bon ? de vrais complices ?...

Si Marc était un destructeur de la Société ?

Mon Dieu ! mon Dieu !

Et dans une vision folle, elle porta furtivement un regard sur Marc, et se cacha le visage avec ses mains — comme si elle réfléchissait, avec terreur.

De son côté, Marc se livrait à des réflexions impossibles.

Quelle guigne ! par quelle sacrée malchance est-il venu s'échouer dans un bureau de police, le lendemain même de son voyage de noces, voyage d'amour et de plaisir, avec sa femme qui ne devait vivre qu'au milieu des ivresses dès le lendemain de noces. C'est inouï de stupidité, ou plutôt d'embêtement, car en ce moment, il se trouvait être l'homme le plus embêté de la terre !

La police ! Entre les mains de la police !.. il tombait de la lune !

Mais pourquoi, sacredieu ? qu'a-t-il fait ? Lui, malfaiteur, lui, anarchiste !

Pourquoi pas assassin !

Ah ! c'est d'un grotesque à mourir de rire, ou plutôt de rage, oui de la rage la plus enragée, car sa femme est là, là, sur une chaise de poste de police, au milieu d'hommes à la figure sinistre, tandis qu'elle devrait se trouver dans ses bras, ou dans une gondole, bercée par un chant d'amour !

Oh ! oui, drôle de chant d'amour, en ce moment. C'est à crier son embêtement !

Mais pourquoi, bon Dieu de bon Dieu ! là, entre les mains de la police ? C'est donc une fatalité ! A l'hôtel, c'était la mégère, le monstre, la Ponpon ! ici c'est la police !.. C'est l'inconnu.

Oui, l'inconnu !.. et pourquoi ? sacré nom de nom ! Pourquoi ?

Et Roger absent, toujours absent. C'est inconcevable ! Il a dû se noyer dans une étroite ruelle, pour sûr, car il n'est pas possible qu'il soit vivant à Venise et qu'il le sache en prison — car ici c'est la prison — sans venir s'informer et l'en délivrer.

On lui parle de complices ! les imbéciles ! Il y a là une erreur de police, car il ne se sent nullement une humeur révolutionnaire ; mais il frémit à la pensée d'être tombé dans les mains de la police, car pour en sortir il faut prouver que l'on est l'antéchrist.

C'est révoltant. Et en ce moment même il est réellement révolutionnaire.

Mais ce qui le chiffonne et l'intrigue, c'est que l'on ait su son nom et celui de sa femme.

C'est renversant!

Il y a de quoi perdre la tête.

Et comme affaissé à son tour, il laissa tomber sa tête sur son épaule, comme un homme écrasé sous le poids d'une énigme indéchiffrable et terrible.

A ce moment, le questeur, qui le suivait des yeux furtivement, se dit en hochant la tête :

— C'est bien là l'attitude des grands coupables! Je le savais bien. Il me font l'air de deux assassins du grand monde... interlope.

Ce ne sont pas peut-être des révolutionnaires, même des anarchistes, l'intelligence ne paraît pas très vive en eux. Ce sont sans doute deux vulgaires escrocs, peut-être même des faux-monnayeurs, mais à coup sûr, ce sont deux véritables coquins!

Et se tournant vers ses agents, il leur cligna de l'œil, en souriant de satisfaction et comme s'il eut voulu leur dire :

— Hein! quel joli coup j'ai fait là!

XIV

Le trio Ponpon fit son entrée dans le cabinet du questeur.

Un cri d'horreur s'échappa de la poitrine de Marc à la vue de Mme Ponpon qui arriva la première, la mine bouleversée, les cheveux en désordre, et presque débraillée, la bataille d'avant l'avait mise dans cet état.

Dolorès poussa également une exclamation indignée, et la colère l'envahit aussitôt, à la vue de cette femme si monstrueuse qui faillit briser son bonheur naissant; elle comprit à l'instant que c'était elle qui l'avait conduite, avec son mari, là, devant le Commissaire de police.

Et à sa vue également, la Ponpon cria, en ricanant, et les poings sur les hanches :

— Ah ! vous voilà, vous, eh bien, nous y sommes ensemble, hein ! ici ; et j'en suis fort contente !

— Marc ! s'exclama Clorinda, en désignant sa mère, c'est elle qui a fait le coup.

— Ah! ah! un premier aveu, dit tout bas le questeur, toujours l'air satisfait.

— Misérable femme! hurla Dolorès en se précipitant sur Mme Ponpon, il faut que je te déchiquette. Ah ! c'est toi, tiens !..

Et furieuse, les yeux hagards, les poings levés, elle se jeta sur Mme Ponpon ; lorsque Champolion qui se trouvait à ses côtés, se jeta à son tour entre elle et la femme de Marc, et reçut à la figure un violent coup de poing de l'Espagnole, destiné à Mme Ponpon.

— Et de deux! s'écria-t-il, en portant sa main au visage.

Le gifle reçue de la Ponpon, dans la prison, et destinée à sa fille, faisait son compte.

Un brouhaha indescriptible s'ensuivit.

Les deux femmes s'étaient cependant attrapées, et pareilles à des furies, elles se donnaient des coups, se déchiraient les vêtements, se meurtrissaient la chair avec les ongles, en poussant des cris féroces.

Marc s'était jeté entre elles, mais Clorinda se pendit à son cou en lui criant :

— Marc, Marc, je t'aime toujours, toujours, laissons-les, laissons-les, allons-nous en!..

Mais celui-ci se dégagea et repoussa son ancienne maîtresse, pour séparer sa femme et la Ponpon.

Aux supplications de Clorinda, enlaçant son mari, Dolorès lâcha la Ponpon qu'elle tenait par les cheveux et se jeta sur Clorinda qui poussa un cri pendant que Champolion la recevait dans ses bras en criant :

— Crénom! crénom!..

Les agents s'étaient jetés en vain au milieu de la mêlée, pour maîtriser les combattants, pendant que le questeur, sortant de son impassibilité, se démenait en criant très fort en italien :

— *Ma, e una commedia! una vera commedia!*

Puis, gesticulant en criant encore plus fort :

— *Basta!.. Basta!..*

A ce moment, la porte s'ouvrit et Roger parut.

Un grand mouvement, un cri général des prisonniers, accueillit son arrivée.

— Roger!

— Roger! enfin!

— Roger! c'est toi! ah!..

Marc, Clorinda, Champolion se précipitèrent vers lui, pendant que le combat cessa aussitôt.

Le questeur fronça les sourcils.

— Qui êtes-vous? dit-il en s'adressant, sur un ton sévère, à Roger qui sembla tout saisi, à la vue de ce désordre.

— Je suis l'ami de ces personnes.

— Oui, oui, oui, notre ami, notre sauveur, s'écrièrent les prisonniers, comme transfigurés à la vue du sauveur.

— Roger, parle!..

— Roger, dites la vérité!..

— Roger, tirez-nous de là!..

Et chacun se groupait autour de lui, comme des naufragés s'accrochant à une épave.

Et lui, toujours frappé de stupeur, comme hébété, devant ces supplications, ces prières, ces figures bouleversées, les visages de Mme Ponpon et de Mme Boulloiche, boursouflés, violacés, tachés de sang, les vêtements en désordre, l'effarement peint sur tous les visages, la colère, la douleur, et la joie en même temps de Champolion, de Clorinda et de

Marc, à sa vue, joie mêlée d'agitation fébrile, pendant que les autres ne pouvaient pas parler, ni prononcer un mot, l'écume de la rage blanchissant leurs lèvres, et ce pendant qu'elles ramassaient leurs cheveux flottants, et les réunissaient nerveusement sur la nuque.

— Vous faites donc partie de cette bande? demanda le questeur, en le fixant.

— Ce n'est pas une bande, Monsieur, mais des amis, répondit vivement Roger.

— Un complice alors?

— Non, Monsieur?..

— Pourquoi êtes-vous venu ici?

— Pour les sauver...

— Vous êtes fou, interrompit le questeur en esquissant un sourire moqueur.

— Pour les sauver d'une erreur.

Le questeur haussa les épaules.

— D'une grossière erreur, insista Roger.

— Ne discute pas, Roger, mais parle, dis la vérité, fit Marc d'un air suppliant.

— Fais-nous connaître, Roger, mon petit Roger, parle vite, dit Clorinda.

Marc fit un mouvement à ce tutoiement.

— Tirez-nous de là, mon cher ami, fit à son tour Champolion d'une voix navrante.

— Mais enfin, finissez votre comédie, *per bacco!*

— Monsieur, ce n'est pas une comédie. Ecoutez-moi, dit Roger en s'avançant vers le questeur,

— Oui, oui, oui, la vérité, il faut dire la vérité, dit Mme Ponpon avec une voix rauque, voilée, mais rageuse encore. Il faut dire pourquoi nous sommes venus à Venise.

— Qui êtes-vous, dit le questeur, en colère, dites-moi votre nom ?

— Roger Courtille.

— Votre profession ?

— Rentier.

— Encore un rentier ! fit le questeur en se tournant vers son personnel groupé autour de lui.

— Oui, rentier, accentua Roger d'une voix assurée.

— Votre demeure ?

— Paris.

— Je le savais, poursuivit le questeur, en faisant un mouvement de lèvres. Qu'êtes-vous venu faire ici, à Venise ?

— Nous amuser.

— Ah ! en compagnie de toutes ces personnes ?

— Non, avec celles-ci.

Et il désigna Mme Ponpon, Clorinda et Champolion.

— Et celles-ci ? dit-il en désignant Marc et sa femme.

— Des amis, des connaissances, des honnêtes gens, que j'aime, que j'estime...

— Ah ! ah ! vous vous dites donc l'ami de cette bande — qui se bat et s'accuse mutuellement.

— Monsieur le questeur, ce n'est pas une bande, mais, je vous le répète, d'honnêtes personnes.

— Comme vous.

— Parbleu ! comme moi.

— Vous devenez arrogant.

— Je reste ce que je dois être.

— Taisez-vous.

— Mais je ne puis pas me taire devant une fausse accusation.

— Taisez-vous, je vous répète. Je vais prendre des notes.

— Mais, pardon Monsieur... dit Roger en l'interrompant, pardon...

— Taisez-vous, je vous considère comme un accusé, cria le questeur.

— Accusé ! ah ! ça, non, par exemple !

— Hein ! vous vous révoltez ?...

— Non, mais je proteste... laissez-moi vous dire...

— Vous faites partie de cette bande de malfaiteurs.

Un cri général des prisonniers accueillit cette nouvelle accusation.

— Une révolte ?... Gardes, emmenez les prisonniers.

— Ça, jamais avant que vous sachiez... protesta Roger qui fit mine de se retirer vers le fond du cabinet, avant que les agents s'avançassent vers lui.

— Cette fois nous ne nous laisserons pas faire, s'écria Champolion, d'un air courageux. Ce serait monstrueux !

— Gardes, emmenez cet homme !

— Crénom ! crénom !...

Et pendant qu'il protestait, gesticulait, roulait des yeux terribles, Champolion se laissa conduire en criant :

— Roger, Roger, sauvez-moi !...

— C'est injuste, c'est indigne ! Monsieur, s'écria Roger, pâle de colère.

— Gardes, emmenez cet homme ! ordonna le questeur en désignant Roger.

— Ça non ! ah ! ça non !...

Et protestant véhémentement, se dégageant des agents qui l'avaient empoigné par les bras, il cria encore d'un air de menace :

— C'est indigne ! c'est ignoble !... non, non... Mais laissez-moi donc parler, j'ai quelque chose à dire au questeur... pourquoi toute cette affaire... je le sais, moi... laissez-moi parler, ou nous verrons ; je suis étranger... Nous verrons !...

— Gardes ! fit le questeur, en faisant un signe de commandement.

Et Roger fut emmené en cellule au milieu de ses cris de protestation pendant que les autres étaient atterrés et ne soufflaient mot.

— Maintenant, à vous autres, et chacun dans sa

cellule, ordonna encore le chef, en désignant le restant des prisonniers.

— Monsieur, Monsieur, pitié, écoutez-moi, écoutez-moi avec mon mari, fit Dolorès d'une voix brisée.

— Oh ! vous... je vous retiens, avec celle-là, dit-il en faisant un signe de main et en désignant la Ponpon.

— Moi, fit cette dernière, vous feriez mieux de me laisser tranquille.

— Monsieur, pitié pour ma femme qui est innocente et bonne, dit Marc d'une voix émue.

— Jobard ! murmura la Ponpon.

Clorinda pleurait dans un coin du cabinet, mais des pleurs de rage, en déchirant son mouchoir avec ses dents et disant :

— Et tout ça, à cause de lui, de ce mufle !...

Marc se retournant.

— Oui, oui, toi, mufle !...

Marc haussa les épaules et s'adressant encore au questeur :

— Vous la voyez, ma femme n'est pas comme les autres... écoutez-nous.

Mais le questeur, inflexible, donna un ordre sec, et Dolorès, Marc, la Ponpon et sa fille, furent conduits en cellule, au milieu de gémissements.

XV

Le lendemain, *La Vigie Vénitienne*, disait :

« Une bande de malandrins de la pire espèce « a été arrêtée, hier, par notre intrépide et sympa- « thique questeur, le commandeur Tromba. Elle « est composée de six personnes, trois hommes et « trois femmes, tous d'origine française. Ils étaient « arrivés la veille de Paris dans l'intention bien « arrêtée de mettre notre ville au saccage. Mais grâce « à notre admirable organisation de police, tous ces « brigands sont sous les verrous.

« La Justice poursuivra son œuvre. »

Après les explications maintes fois répétées de Roger sur les causes de cette affaire, et mises toujours en doute par le terrible questeur, explications qui furent suivies d'une information judiciaire très embrouillée, le même journal publiait, cinq jours après, la note suivante :

« Les six français arrêtés dernièrement par la « questure, ont été relaxés et conduits, hier, à la « frontière, par la police italienne, en deux grou- « pes. »

La note du journal vénitien aurait pu ajouter en trois groupes, car Roger et Clorinda filèrent en Suisse, sur la recommandation même de Marc qui donna carte blanche à son ami pour disposer de Clorinda à son aise, ce qui d'ailleurs était déjà fait, tandis que Mme Ponpon et Champolion retournèrent à Paris où ils firent une maladie de rage qui les tint cloués au lit pendant trois mois.

Marc et Dolorès allèrent en Espagne où ils passèrent six mois, oubliant, sous le charme de leur amour, les déconvenues de leur premier voyage de noces, accompli sous une véritable terreur.

Courbevoie. — Imp. E. BERNARD, 14, rue de la Station.

Les Sept Péchés Capitaux

Publication très soignée o o o o o o o o
o o o o o o Format grand in-8 colombier
Écrite par nos poètes joyeux et illustrée par nos meilleurs artistes

Volumes parus :

LA LUXURE
Texte par Armand SILVESTRE.
Illustrations de LE RIVEREND

L'ENVIE
Texte de A. SEGARD
Illustrations de Paul MERWART

LA COLÈRE
Texte de X. de RICARD
Illustrations de L. VERLEYE

LA GOURMANDISE
Texte de B. MARCEL
Illustrations de Ch. LAPIERRE

LA PARESSE
Texte de Victor NADAL
Illustrations de A. DOUHIN

En préparation :

L'ORGUEIL — L'AVARICE

Prix de chaque volume avec couverture illustrée en couleurs
o o o o PRIX : 5 FRANCS o o o o

Modèles Superposés et Démontables, en Carton

AVEC DESCRIPTION

Cette publication est une véritable innovation : c'est l'application en mécanique, de ces modèles démontables déjà si appréciés en anatomie.

Grâce à ces modèles, il ne sera plus permis aujourd'hui — même aux plus profanes — d'ignorer, dans ses moindres particularités, la marche des machines qui nous entourent, puisque ce nouveau travail fait voir les multiples pièces intérieures des machines.

A chaque modèle est joint un texte explicatif très étendu, indiquant le fonctionnement des divers organes. Chaque pièce est représentée avec sa couleur naturelle.

Nous croyons donc avoir fait œuvre utile en publiant ces ouvrages et sommes persuadés de l'accueil favorable du public nombreux auquel ils s'adressent.

LA DYNAMO

Historique et renseignements généraux. — Électricité par friction. — Électricité par contact et courant galvanique. — Courant électrique et magnétisme. — Aimants permanents. — Solénoïde. — Induction magnétique. — Action mutuelle des courants électriques. — Machines magnéto-électriques. — Machines dynamo-électriques ou dynamos. — Dynamos à courant continu. — Dynamo à courant alternatif. — Description du modèle de la dynamo. — Légende du modèle de la dynamo.

Un vol. avec 44 fig. intercalées dans le texte et 40 détails d'organes en couleurs

PRIX 3 FRANCS

LA MACHINE A VAPEUR

Distribution avec tiroir à détente, système Meyer

NOTICES HISTORIQUES ET DESCRIPTIONS

Historique. — Description du modèle de la machine à vapeur. — *a*. — But et usage des planches. — *b*. — Description des organes les plus importants de la machine à vapeur : A, cylindre à vapeur ; B, piston et tige de piston ; C, presse-étoupe ; D, manivelle ; E, bielle ; F, crosse de piston ; G, bâti ; H et H_1, palier extérieur et palier de la manivelle ; I, arbre du volant ; K, volant ; L, distribution ; M, régulateur ; N, soupape d'arrêt de la vapeur ; O, les graisseurs ; P, appareils pour évacuer les eaux. — *c*. — Distribution par tiroir à coquille. — *d*. — Distribution par tiroir de détente.

Un volume avec 16 figures dans le texte et 62 détails d'organes en couleurs

PRIX 3 FRANCS

LA LOCOMOTIVE

HISTORIQUE ET DESCRIPTION

pour enseignement sans maître et à l'usage des Écoles industrielles.

Historique et perfectionnements successifs de la locomotive. — Description du modèle de la locomotive. — Tender. — Locomotive : A, chaudière (pl. II, III et IV) ; B, longerons, roues et freins (pl. I à V) ; C, machines à vapeur (pl. VI à VII) ; III, usage des planches. — Légende du modèle de la locomotive.

Un vol. avec 23 fig. intercalées dans le texte et 100 détails d'organes en couleurs.

PRIX 3 FRANCS

LE MOTEUR A GAZ

Cylindre et capacité où se fait l'explosion. — Chemise réfrigérante. — Palier d'avant du volant d'arrière. — Socle du bâti. — Piston. — Tiges de piston. — Arbre du volant de la manivelle. — Volant. — Poulie à courroie. — Pignon conique porté par l'arbre du volant. — Arbre de distribution. — Tiroir d'allumage. — Palier de l'arbre de distribution. — Orifice d'amenée de l'air. — Capacité où l'air est aspiré. — Conduite de gaz. — Robinet de réglage du gaz. — Conduite d'aspiration du gaz. — Levier de mise en mouvement du robinet et de réglage. — Roue et pignon conique actionnant le régulateur. — Soupape d'échappement. — Conduite d'échappement. — Conduite d'eau froide. — Réservoir à l'huile. — Conduite par où s'égoutte l'huile. — Conduit d'aspiration de gaz et d'air. — Tube d'allumage. — Cheminée. — Conduit d'amenée de l'eau froide.

Un vol. avec 6 fig. intercalées dans le texte et 76 détails d'organes en couleurs.

PRIX 3 FRANCS

MOTEUR A COURANT TRIPHASE

Description des organes principaux.

Caisse en fonte. — Couvercles en fonte. — Paliers. — Pattes de support. — Enroulement immobile. — Boites en fonte du palier. — Coussins. — Arbre. — Clavette. — Moyeu. — Paquet de tôles animées d'un mouvement de rotation. — Tiges de cuivre formant l'enroulement. — Tôles perforées. — Porte-Câble. — Enveloppe de caoutchouc durci. — Réservoir d'huile de graissage. — Orifice d'écoulement de l'huile. — Poulie de commande. — Moyeu de la poulie. — Vis de réglage.

Un vol. avec 5 fig. intercalées dans le texte et 38 détails d'organes en couleurs.

PRIX 3 FRANCS

LAMPES A ARC ET COMPTEUR D'ÉLECTRICITÉ

I. *Lampe à courant continu.* — Réseau en fil de fer. — Cendrier. — Crochets en laiton. — Couvercle. — Etrier de Suspension. — Bossages coniques de la pièce en fonte cylindrique. — Bobine du courant dérivé. — Bobine primaire. — Galets de guidage. — Support double. — Tige de connexion. — Porte-charbon inférieur. — Ressort. — Porte-charbon supérieur. — Câbles flexibles. — Bornes. — Orifices d'introduction — Cônes d'arrêt. — Anneaux en porcelaine.

II. *Lampe à courant alternatif* — Cendriers. — Cylindres en tôle. — Réseau en fil de fer. — Barre de connexion. — Porte-charbon inférieure. — Porte-charbon inférieure. — Charbons. — Réflecteur émaillé. — Roue dentée pour recevoir la chaîne. — Arbre de la poulie de la chaîne. — Arbre du disque en aluminium. — Arbre des roues dentées. — Roues et pignons. — Bobines primaires. — Aimants en fer à cheval. — Tiges recourbées amenant le courant. — Orifices d'introductions.

III *Compteur d'électricité.* — Plaque de support principal. — Support en laiton. — Oreilles recourbées du support en laiton. — Bobines primaires. — Moyeux du support-cornière. — Induit en tambour. — Arbre de l'induit. — Collecteur. — Disque en cuivre. — Aimants. — Bobine de tension. — Disque émaillé. — Roue hélicoïdale. — Porte-Balais.

Un vol. avec 6 fig. intercalées dans le texte et 162 détails d'organes en couleurs.

PRIX 3 FRANCS

L'ACCUMULATEUR

I. *Récipient* (*Bac*). — Caisse en bois. — Revêtement en plomb. — Pièces en plomb profilées. — Tubes en verre de paroi épaisse.

III. *Plaque négative.* — Bourrelet massif. — Grille avec masse de remplissage. — Toc ou arrêt. — Pièce en forme de U renversé. — Appendice de l'arête inférieure de la barre de connexion. — Rainures plates arquées.

V. *Plaque positive.* — Bourrelet massif. — Partie cannelée de la plaque. — Barres de connexion. — Tubes en verre qui séparent les plaques. — Bandes en caoutchouc durci réunies en forme de boucles.

Un vol. avec 15 fig. intercalées dans le texte et 30 détails d'organes en couleurs.

PRIX 3 FRANCS

Petite Encyclopédie pratique

DE

CHIMIE INDUSTRIELLE

Publiée sous la Direction de

F. BILLON, ingénieur-chimiste

Avec la collaboration de M. Auguste PERRET, licencié ès sciences.

Cette petite **Encyclopédie pratique de chimie industrielle** s'adresse à tous ceux qui considèrent qu'il est de leur devoir comme de leur intérêt de ne rien ignorer du mouvement scientifique contemporain.

Aussi dans ces trente volumes ne trouvera-t-on que l'exposé simple, en langage aussi débarrassé que possible de tout terme savant, des faits qui sont nécessaires pour comprendre les principales fabrications industrielles.

Démontrer l'importance du mouvement commercial auquel donne lieu l'industrie chimique ; indiquer à chacun une utilisation possible de ses capitaux en permettant de se rendre compte rapidement des conditions d'établissement de certaines exploitations minières ou agricoles, donner à tous ceux qui emploient les produits chimiques la connaissance de leurs origines, de leurs propriétés ; leur permettre de les utiliser et même souvent de les fabriquer au mieux de leurs intérêts, tel est le but de cette œuvre modeste mais que nous croyons utile.

Prix du volume broché **1 fr. 50**, relié **2 francs**, et la collection complète brochée

Prix : **40 fr.**

---

1. — **Histoire de l'industrie chimique.** — La Chine, l'Inde, l'Égypte. — La Grèce, Rome. — Le moyen âge. — Le XVIe siècle. — Le XVIIe siècle. — Le XVIIIe siècle. — L'industrie moderne, principes de nomenclature et de notation chimique.

2. — **Le sel.** — Propriétés. — Distribution géologique. — Exploitation : marais salants, carrières et mines, sources salées. — Évaporation, eaux-mères. — Industrie de Stassfurt. — Raisons physiologiques de l'emploi du sel.

3. — **Soude et potasse.** — Définitions. — Soudes naturelles, soude Leblanc, soude à l'ammoniaque. — Soude électrolytique. — Borate de soude. — Potasses naturelles, potasse de Stassfurt. — Potassium et sodium.

4. — **Soufre et dérivés.** — Exploitation du soufre natif et des pyrites. — Acide sulfureux, sulfites, hyposulfites. — Acide sulfurique. — Sulfure de carbone.

5. — **Chlore et dérivés.** — Chlore, hypochlorites, blanchiment. — Acide chlorhydrique, chlorate de potasse électrolytique. — Brome, iode et dérivés.

6. — **Produits nitrés et ammoniacaux.** — Ammoniaque, sources diverses, fabrication de l'ammoniaque et de ses sels. — Nitrates de potasse et de soude. — Acide nitrique. — Cyanures.

7. — **L'eau.** — Propriétés. — Eau potable. — Bactériologie. — Eau filtrée, eau stérilisée, eau distillée. — Purification industrielle. — Eaux gazeuses. — Glace.

8. — **Le sucre.** — Sources. — Extraction. — Raffinage. — Usages, confiserie, chocolats, sirops.

9. — **L'alcool.** — Fermentation alcoolique. — Matières premières. — Distillation, produits et résidus. — Alcools de consommation et d'industrie. — Propriétés, emplois, toxicité, hygiène.

10. — **Vins et vinaigres.** — Levures, culture et sélection. — Fermentation, opérations qui la précèdent et la suivent. — Ses correctifs. — Maladies, altérations et sophistications des vins. — Vinaigres.

11. — **Bière, cidre, poiré.** — Bière, matières premières. — Germination. — Fermentation. — Conservation. — Cidre et poiré.

12. — **Farines et fécules.** — Céréales. — Obtention des farines. — Panification. — Gluten, pâtes alimentaires. — Amidon, dextrine. — Fécules.

13. — **Lait, corps gras alimentaires.** — Lait, production, conservation, composition, altérations et falsifications. — Beurre. — Beurre artificiel. — Fromages. — Axonge, huiles alimentaires.

14. — **Conserves alimentaires.** — Procédés physiques. — Dessiccation. — Froid. Enrobage. — Privation d'air. — Procédés chimiques. — Application aux diverses substances. — Viandes et comestibles. — Poissons. — Lait. — Légumes et fruits. — Confitures et gelées.

15. — **Matières animales.** — Cuirs, tannage. — Peaux ouvrées. — Gélatine, colles. — Noir animal. Albumines diverses.

16. — **Engrais.** — Matières végétales et animales. — Engrais chimiques, nitrates, phosphates, sels de potasse. — Chimie du sol.

17. — **Le bois.** — Conservation. — Distillation. — Pâtes à papier.

18. — **L'industrie des gaz.** — Liquéfaction de l'acide carbonique, du chlore, de l'oxygène, de l'acide sulfureux, de l'ammoniaque. — Froid artificiel. — Les gaz éclairants : gaz de houille, « gaz pauvres. » — Acétylène.

19. — **Le pétrole.** — Géologie, formation, gisements. — Exploitation. — Distillation. — Sous-produits et leur utilisation.

20. — **Corps gras industriels.** — Saponification, théorie. — Matières premières. — Huiles et graisses diverses. — Agents de saponification. — Savons divers. — Bougies. — Acide stéarique. — Glycérine.

21. — **La parfumerie.** — Essences naturelles, extraction. — Parfums artificiels, composition et fabrication. — Savons, eaux de toilette, préparations diverses.

22. — **Vernis, mastics et enduits.** — Matières premières, résines, caoutchouc, gutta. — Vernis divers. — Encres et cirages. — Mastics isolants et hydrofuges.

23. — **Teinture et impression.** — Couleurs végétales, couleurs d'aniline, composition et fabrication. — Impression.

24. — **Couleurs minérales.** — Blancs divers. — Rouges, cinabre, minium. — Bleu outremer. — Verts. — Bronzes en poudre. — Couleurs pour la verrerie et la céramique.

25. — **Explosifs, pyrotechnie, allumettes.** — Poudres, dynamites, fulmi-cotons, fulminates. — Pyrotechnie. — Phosphore, allumettes diverses.

26. — **Métaux terreux.** — Calcium, chaux, mortiers, ciments, plâtre. — Magnésium, terres rares. — Aluminium, argiles, alums.

27. — **Fer, fontes et aciers.** — Minerais, distribution géologique, composition. — Fabrication. — Définition des fers, fontes et aciers industriels. — Emplois.

28. — **Cuivre, plomb, mercure.** — Géologie, extraction, métallurgie. — Applications.

29. — **Zinc, étain, nickel, cobalt.** — Géologie, extraction, métallurgie. — Applications.

30. — **Or, Argent, Platine.** — Géologie, extraction, métallurgie. — Applications.

Collection complète en 30 volumes

PRIX du Volume broché : **1 FR. 50** — La collection brochée : **40 FR.**
— — relié : **2 FR.** — — reliée : **50 FR.**

Nivoit (E.) inspr gén. des Mines — **Eléments de Géologie.**

Cet ouvrage comprend les matières du programme de l'enseignement secondaire classique et moderne.

Chapitre I. Notions sommaires sur les roches. — Chap. II. Phénomènes naturels d'origine externe. — Chap. III. Phénomènes actuels d'origine interne. — Chap. IV. Constitution générale de l'écorce du globe. — Chap. V. Ere primaire. — Chap. VI. Ere secondaire. — Chap. VII. Ere tertiaire. — Chap. VIII. Ere quaternaire. — Chap. IX. — Géologie de la France.

Un vol. in-18 jésus, de 359 pages avec 156 fig. et 1 carte géologique. Prix : **2** fr.

Petit (P.) professeur à la faculté des sciences de Nancy. — **Nutrition et production des animaux, bœuf, cheval, mouton, porc.**

Chapitre I. Les Aliments. — Chap. II. Description des matières alimentaires. — Chap. III. Le corps de l'animal et ses fonctions. — Chap. IV Production des animaux. — Chap. V. Espèces bovine. — Chap. VI. Espèce Ovine. — Chap. VII. Espèce chevaline. — Chap. VIII. Espèce porcine. — Tables des compositions des matières alimentaires.

Un volume in-18 jésus de 331 pages. Prix : **2** fr.

Pion (Ernest), vétérinaire-inspecteur du marché de la Villette. — **Le commerce de la boucherie.**

Chapitre I. Renseignements généraux. — Chap. II. Elève et engraissement des bestiaux. — Chap. III. Commerce des bestiaux. — Chap. IV. Commerce de la boucherie en gros, ou commerce à la cheville. — Chap. V. Commerce de la boucherie, de la charcuterie et de la triperie. — Chap. VI. La viande : qualités, catégories ; fournitures aux établissements publics. — Chap. VII. Détails des prix de la boucherie dans les villes et dans les campagnes. — Chap. VIII. Abaissement possible du prix de la viande. — Chap. IX. Inspection de viandes. — Chap. X. Organisation de la vente aux consommateurs à Paris et en province. — Chap. XI. Boucheries hippophagiques. Règlements. — Chap. XII. Conclusion.

Un vol. in-18 jésus, de 359 pages avec fig. et 1 pl. Prix : **2** fr.

Renard (A.), professeur de chimie agricole à l'Ecole des Sciences de Rouen. — **Amendements et engrais.**

Chapitre I. L'air. — Chap. II. — L'eau. — Chap. III. Le sol. — Chap. IV. Amendements. — Chap. V. Engrais azotés. — Chap. VI. Engrais phosphatés. — Chap. VII. Engrais alcalins. — Chap. VIII. Analyse des terres. — Chap. IX. Analyse et valeur vénale des engrais. — Tableau récapitulatif de la richesse en principes fertilisants des principales matières employées comme engrais. — Répression des fraudes dans le commerce des engrais.

Un volume in-18 jésus, de 124 pages avec figures. Prix : **2** fr.

Vilmorin-Andrieux. — Les légumes usuels.

Les légumes usuels sont disposés dans l'ordre alphabétique pour faciliter les recherches. On a inséré à la fin du second volume :

1° Un tableau résumé des poids du litre de graines, des nombres de graines dans un litre et des durées germinatives.

2° Un calendrier des Semis à faire dans chaque mois pour les différentes conditions de culture, avec indication des époques de production.

3° Un tableau détaillé des choix de plantes potagères pour les divers climats et les différentes conditions de culture.

4° Des listes d'assortiments de légumes pour jardins de diverses grandeurs.

Deux vol. in-18 jésus. ensemble 610 pages avec figures.

Prix : **3** fr. **50** par volume.

L'introduction de cette excellente étude, a été écrite par M. H. de Vilmorin.

Prix de la collection complète des 11 volumes : **25** francs.

NOMENCLATURE DES OUVRAGES DE LA COLLECTION

1. — **Terrassements, Fondations, Echafaudages.** — Fouilles. — Sondages. — Outils pour sondages. — Fouilles en puits, en sous-œuvre. — Fouilles sous l'eau. — Pilotis. — Poussée des terres. — Echafaudages. — Poids du mètre cube des principaux matériaux de construction. — Proportions des diverses parties d'une construction.

2. — **Matériaux de construction** (*Emploi et résistance*). — Sables. — Cailloux. — Pierres naturelles. — Matériaux artificiels. — Calcaires. — Plâtre. — Briques. — Mortiers, chaux, Ciments. — Bois. — Fonte, fer, acier, bronze, cuivre. — Traction. — Compression. — Flexion. — Torsion. — Tableaux numériques des charges de rupture et des coefficients de travail des divers matériaux suivant leur emploi.

3. — **Maçonnerie en général.** — Maçonnerie de pierres de taille, de moellons, de meulière, de briques, de béton, de ciment. — Murs de fondation, de façade, de clôture, de soutènement, de réservoirs. — Appareils divers des pierres. — Murs creux et murs en briques creuses. — Conduites de fumée. — Fosses d'aisances. — Chaînage des murs. — Baies, linteaux, arcs de décharge, portes, fenêtres, meneaux, pilastres en pierre. — Voûtes en berceau, d'arête, en arc de cloître, en anse de panier. — Cubature et stabilité des voûtes. — Escaliers en pierre.

4. — **Charpente en bois.** — Assemblage des bois. — Poteaux, Poitrails et planchers en bois. — Poutres armées. — Maîtresses-poutres. — Distribution économique des solives dans un plancher. — Charge des planchers en bois. — Combles. — Distribution économique des pannes dans une ferme. — Comble à la Mansard. — Combles pour magasins et ateliers. — Calcul d'un comble et d'un appentis.

5. — **Menuiserie en bois.** — Menuiserie intérieure. — Lambris. — Impostes. — Fenêtres et portes. — Persiennes, volets, jalousies. — Parquets. — Tracé des escaliers. — Escaliers en bois. — Ascenseurs. — Monte-charges. — Echelles de sauvetage pour incendies. — Clôtures, treillages. — Constructions rustiques.

6. — **Charpente en fer.** — Planchers, colonnes, pilastres et poitrails métalliques. — Charge des colonnes, des planchers en fer et acier. — Planchers métalliques hourdés en poteries ou en briques. — Planchers constitués par des poutrelles courbes métalliques. — Planchers en ciments armés. — Pans de fer. — Combles métalliques. — Appentis en bois et fer. — Comble Polonceau. — Combles à panneaux. — Combles Pombla. — Combles en tôle ondulée. — Combles Shed. — Hangars. — Distribution économique des pannes dans un comble métallique.

7. — **Serrurerie et Menuiserie en fer.** — Serrures. — Ferme-portes. — Portes et fenêtres métalliques. — Fermetures de magasins en fer et tôle. — Escaliers en fer, fonte, tôle, zinc. — Ferronnerie. — Grilles. — Marquises.

8. — **Peinture, Vitrerie, Décoration, Carrelages.** — Légers ouvrages en plâtre: enduits, renformis, crépis, moulures, corniches. — Cloisons légères. — Aires de planchers. — Plafonds. — Peinture, vitrerie. — Papiers de tenture. — Marbrerie. — Décoration intérieure et extérieure. — Pavage en grès, en asphalte, en briques, en ciment, en bois. — Pavages et carrelages céramiques. — Mosaïques. — Pavages en verre. — Trottoirs. Voies publiques, cours.

9. — **Fumisterie, Chauffage, Ventilation, Eclairage, Electricité.** — Cheminées, Poêles, Calorifères. — Ventilation domestique. — Girouettes. — Eclairage. — Gaz. Conduites de gaz. — Electricité à la maison. — Téléphonie. — Paratonnerres.

10. — **Distribution d'eau, Assainissement.** — L'eau à la maison. — Conduites d'eau. — Evacuation des matières usées. — Le tout à l'égout. — Appareils sanitaires. — Filtres, réservoirs, robinets, éviers, bassins, jets d'eau, pompes, puits, citernes. — Hygiène des habitations. — Water-closets, urinoirs. — Bains.

11. — **Couverture, Plomberie, Zincage.** — Couverture en planches, en carton bitumé, en tuiles, en ardoises, en tôle ondulée, en plomb, en cuivre, en zinc, en produits céramiques. — Pente et charge des combles suivant leur destination. — Chéneaux, gouttières. — Plomberie sanitaire, etc.

12. — **Lois et règlements concernant la construction.** — Droits du propriétaire et du locataire. — Honoraires. — Métrage. — Vérification.

E. BERNARD, — PARIS

Petite Encyclopédie

Électro-Mécanique

PUBLIÉE SOUS LA DIRECTION DE

H. de GRAFFIGNY, Ingénieur civil

N° 1, 2ᵉ édit. Manuel élémentaire d'électricité industrielle.

I. Nature de l'électricité, comparaison avec l'hydraulique. Lois diverses. — II. Générateurs hydro-électriques, accumulateurs et piles. — III. Mesure des courants, étalons, appareils de mesure. — IV. Electro-magnétisme et électro-dynamique, lois. — V. Générateurs mécaniques d'électricité. Réversibilité. — VI. Générateurs thermo-électriques et divers. — VII. Production de la lumière électrique. — VIII. Production des signaux, télégraphes et téléphones. — IX. Phénomènes électro-chimiques.

N° 2, 2 édit. Conducteur de Dynamos et Moteurs électriques

I. Dynamos à courant continu. — II. Fonctionnement des dynamos. — III. Construction des dynamos. — IV. Installation et conduite des dynamos. — V. Entretien et réparation des dynamos. — VI. Fonctionnement des alternateurs. — VII. Les alternateurs. — VIII. les moteurs électriques. — Appendice.

N° 3. Les piles et les Accumulateurs.

I. Fonctionnement des piles et classification. — II. Description des piles usuelles. — III. Entretien des piles. — IV. Fonctionnement des accumulateurs. — V. Description des accumulateurs. — VI. Montage et installation des accumulateurs. — VII. Charge et décharge, soins d'entretien. — VIII. Accessoires de manœuvre des batteries. — IX. Groupes électrogènes à piles. — Appendice.

N° 4. Les canalisations électriques.

I. Méthodes diverses de distribution des courants continus. — II. Canalisations aériennes à courants continus. — III. Canalisations souterraines. — IV. Distribution par courants alternatifs à haute tension. — V. La fabrication des fils, câbles et accessoires. — VI. Pose des canalisations, jonction des fils. — VII. Soins d'entretien des lignes, réparations. — VIII. Calcul des canalisations

N° 5. Chauffeur-Conducteur de Machines.

I. Fonctionnement d'une machine à vapeur. — II. Descriptions des systèmes actuels. — III. La chaudière, calcul, disposition. — IV. Les appareils de sûreté. — V. Conduite du feu. — VI. Alimentation, les incrustations — VII. Soins d'entretien et de réparation des pièces de la chaudière. — VIII. Mécanisme moteur, détail des pièces, description. — IX. Mise en place et en marche d'un moteur. — X. Détente, marche économique, etc. — XI. Soins d'entretien et de réparations.

N° 6, 2ᵉ édit. Conducteur de Moteurs à gaz et à pétrole.

I. Fonctionnement d'un moteur à gaz — II. Description des principaux systèmes de moteurs à gaz. — III. Conduite des moteurs à gaz. — IV. Soins aux divers organes, huiles de graissage. — V. Les moteurs à essence (air carburé). Description. — VI. Conduite et entretien des moteurs à essence. — VII. Moteurs à pétrole lampant, avantages et inconvénients. — VII. Les moteurs à gaz pauvre, descriptions. — IX. Les gazogènes — X. Appendice, tableaux divers.

N° 7. — Guide pratique d'éclairage électrique.

I. La lumière électrique, historique. — II. Distributions d'éclairage, stations centrales, procédés divers. — III. Description des lampes à arc. — IV. Branchement et pose des arcs, mise en marche, entretien. — V. Démontage et réparation des lampes à arc. — VI. Fabrication des lampes à incandescence — VII. Appareillage de distribution, tableaux, rhéostats, coupe-circuits, douilles, etc. — Appareils de lumière divers, projecteurs, microscope photo-électrique, etc. — Appendice.

N° 8. — Le Monteur-Appareilleur Électricien.

I. Travaux du monteur, outillage. — II. Pose des canalisations domestiques, jonctions, épissures des fils, etc. — III. Pose des lampes à incandescence, isolement des fils. — IV. Appareils de mesure, compteurs, etc. — V. Soins d'entretien, cassage des lampes, courts-circuits. — VI. Installation d'un moteur ou d'une dynamo, mise en marche, etc. — VII. Montage de divers appareils électriques.

N° 9. — Transport électrique des forces.

I. Transmission de l'énergie, théorie, historique. — II. Les moteurs hydrauliques actuels. — III. Stations électriques avec moulins à vent. — IV. Transformateurs par courant continu. — V. Transport par courants alternatifs. — VI. Les transformateurs à haute tension. — VII. Installation d'une station pour l'envoi de la force. Machines à employer, etc. — VIII. Installation et soin des moteurs à courants continus et alternatifs polyphasés. — IX. Les tramways électriques, systèmes divers.

N° 10. — Réseaux téléphoniques et sonnettes.

I. Les sonnettes électriques, description des divers modèles. — II. Pose des sonnettes, outillage, soins d'isolement, plans de pose. — III. Entretien des sonnettes, nettoyage, piles. — IV. Fonctionnement du téléphone et du microphone. — V. Description des appareils en usage. — VI. Installation de deux postes magnétiques. — VII. Pose des lignes, isolement des fils, soins divers. — VIII. Remèdes contre l'induction (friture), réparations des lignes et des postes. — IX. Renseignements divers sur les téléphones.

N° 11. — Manuel de l'Electro-Chimiste.

I. — Théorie des dépôts électrolytiques, historique. — II. Appareillage pour l'électro-chimie, dynamos, piles, bacs, cuves, conducteurs. — III. Galvanoplastie le moulage, les bains. — IV. Le cuivre, affinage, dépôt électrolytique. — V. La dorure et l'argenture. — VI. Le nickelage. — VII. Conduite des bains, densité de courant. — VIII. Formules et recettes. — Appendice.

N° 12. — L'Électricité pour tous.

I. Générateurs d'électricité domestiques, piles et machines. — II. Lumière électrique domestique par piles. — III. Lumière domestique par dynamos et machines. — IV. Moteurs domestiques, emplois divers. — V. La cuisine électrique. — VI. Pose des sonnettes, téléphones, avertisseurs domestiques. — VII. Les allumoirs et appareils divers. — VIII. Electricité médicale. — IX. Les appareils Trouvé.

Prix de chaque volume : broché. **1 fr. 50** relié. **2 fr.**

La collection de 12 volumes : brochés **15 fr.** reliés **20 fr.**

Courbevoie. — Imp. E. Bernard, [illegible] rue de la Station.

Courbevoie. — Imprimerie E. Bernard

www.ingramcontent.com/pod-product-compliance
Ingram Content Group UK Ltd.
Pitfield, Milton Keynes, MK11 3LW, UK
UKHW031859260826
14628UKWH00002B/880

9 782019 958695